VICTORY NOVELS

山本五十六の野望

2 運命のミッドウェイ

原 俊雄

電波社

この作品はフィクションであり、登場する国家、団体、人物などは、
現実の国家、団体、人物とは一切関係ありません。

山本五十六の野望(2)――運命のミッドウェイ

もくじ

第一章　山本五十六の好敵手

1

日本を倒すという仕事は、どうやら一筋縄ではいきそうになかった。

先制攻撃の機会を日本側にゆずった代償は大きく、アメリカ軍は戦艦四隻が大破着底し、主力空母二隻を沈められ、さらに六〇〇機にも及ぶ陸海軍機を一気に喪失していた。しかも、オアフ島の基地機能は今や完全に麻痺している。

ソロバン勘定のたしかなフランクリン・D・ルーズベルトでさえも、味方陸海軍がまさか〝これほど手痛い損害を被る〟とは、まったく予想していなかった。

――黄色人種にもどうやらまともな指揮官はいるようだ……。すべての元凶はイソロク・ヤマモトにちがいない！

ルーズベルトは過去に海軍次官補を務めたことがあり、海軍の事情に精通している。海軍びいきのルーズベルトは普段から、陸軍のことを〝やつら〟と呼び、海軍のことを〝マイ・ネイビー〟と呼んでいた。もちろん敵将〝山本《やまもと》五十六《いそろく》〟の名前もきっちりと把握しており、パール・ハーバーにいきなり航空奇襲攻撃を仕掛けてきたのは〝ヤマモトの仕業にちがいない！〟と、ルーズベルトはすぐに感づいた。

それにしても、日本海軍が七隻もの空母をハワイ近海へ集中して来たことには、ルーズベルトもさすがに驚いた。

ルーズベルト自身〝戦艦か、航空機か〟の論争にいまだ結論を出しかねて、航空攻撃だけで戦艦を沈めるのは〝やはり不可能だろう〟とみていたが、開戦から一週間と経たずして、あろうことか宿敵・日本海軍に、その答えをまざまざと見せ付けられたのだ。

元凶は「山本五十六」にちがいなく、みずからが有能と見込んで太平洋艦隊司令長官に抜擢したハズバンド・E・キンメルは、空母を集団で運用するという敵将・山本の破天荒な新戦術によってあっけなく〝過去の人〟にされてしまった。

いや、歴史の表舞台から引きずり降ろされたのは、キンメルばかりではない。

イギリス東洋艦隊司令長官のトーマス・フィリップスもまた、戦艦「プリンス・オブ・ウェールズ」と運命をともにし、山本五十六の航空戦術によって過去の人にされていた。

キンメルもフィリップスも、海軍のエリートコースである「砲術畑」を歩んできた、第一等の優秀者だ。二人とも当然ながら、海軍艦艇のなかで最大の砲力を持つ戦艦を主力と考え、戦艦中心の艦隊戦術を想い描いていた。

ところが、戦艦を最強とするエリート軍人のゆるぎない兵術思想は、航空機の進歩によってもはや〝夢物語〟となっており、敵将・山本は両者を出し抜くことによって、航空母艦こそが海上兵力の新たな〝雄〟であることを、全世界に証明して魅せたのだ。

――こ、こしゃくな、ヤマモトめ……。

ルーズベルト自身は抜け目なく空母の可能性に気づいていたが、水深の浅いパール・ハーバーで日本軍艦載機がいったい〝どのようにして戦艦を雷撃したのか……〟そのことだけは、いまだまったく見当が付かなかった。

それをやってのけた山本五十六はとび抜けて優秀にちがいなく、白人の天下をおびやかす〝この黄色いサル〟だけは、あらゆる手段を講じて亡き者にする必要がある。だが、それを〝だれにやらせるか〟ということが問題だった。

問題は人選だが、キンメルの続投を認めることはできない。戦艦だけでなく二隻の主力空母を喪失してしまい、キンメルには、どうしても責任を取らせる必要がある。それに、大艦巨砲主義ではもはや戦えず、戦艦主体の艦隊編制をあらためる必要もある。

じつに屈辱的なことだが、今後はアメリカ海軍も、日本の、いや〝山本五十六〟の真似をするしか戦うすべがなかった。すなわち太平洋艦隊も空母機動部隊を編成し、航空主兵で日本軍の進撃を喰い止めるしかないのである。

――よもや、黄色いサルの真似をすることになろうとは……。しゃくだが、空母主体の編成で対抗せざるをえまい！

そうなると、新任の太平洋艦隊司令長官は航空戦を理解している者が望ましい。が、ウィリアム・F・ハルゼーやジョン・H・タワーズなど生粋の航空屋は、一癖も二癖もあり、直情径行の者ばかりが目立つ。

はっきり言って、自分（ルーズベルト）の言うことを聞かぬヤツでは、みずからの戦争指導にも支障が出てくるにちがいなかった。

やはり、太平洋艦隊司令長官には、単なる戦争屋ではなく、みずからの政略にきっちり従う者を据えておく必要がある。

たとえば、いくら航空戦をうまくやってのけるとしても、日本軍より〝先に手を出すな！〟と命じているのにそれを平然と無視するような好戦家では、とても太平洋艦隊司令長官に任命することができない。

――大統領府の政略を理解し、落ち着いた考え方のできる者でなければ、司令長官を任せることはできん！

そういう意味ではハルゼーもタワーズもおよそ不適格だが、ルーズベルトはウィリアム・F・ノックス海軍長官と相談して、すでに最有力候補を見つけ出していた。

チェスター・W・ニミッツである。

現・航海局長のニミッツは序列が二八番目の少将だが、安定感があり、専門が潜水艦で、戦艦に対する妙なこだわりもない。

「現実主義者のニミッツなら、理想論にふりまわされて〝戦艦を猫かわいがり〟するようなことはまずないでしょう。彼なら、必ずや太平洋艦隊を空母主体の編制にあらため、人心を掌握するものと思われます」

ノックスがそう進言すると、ルーズベルトは一も二もなくこれにうなずいた。

ところが、当のニミッツは「次席指揮官のウィリアム・S・パイ中将のほうが次の司令長官にふさわしい」と言って、ノックスの就任要請を一度断っていた。そこでルーズベルトは、ニミッツをホワイト・ハウスへ呼び出し、みずから説得することにしたのである。

2

大統領直々の呼び出しだ。

ニミッツにはわかっており、ルーズベルト大統領はどうしても、太平洋艦隊司令長官を〝引き受けろ！〟と言うのにちがいなかった。

二度目の就任要請、しかも大統領直々の要請だから、これを断ることはもはやできない。大統領からの指名は〝アメリカ国民全体の意思表示〟と受け止めてしかるべきだった。

名誉なことにちがいないが、オアフ島は廃墟同然の状態であり、とても日本軍の攻勢を押しとどめるような自信がない。ニミッツは、自信もないのに安請け合いするほど、軽はずみな男ではなかった。

ニミッツはよくわかっていた。たとえ、だれが司令長官を務めていようが、日本軍の奇襲は防ぎようがなかった、ということである。

キンメル大将をはじめ、太平洋艦隊司令部の幕僚はみな優秀だが、だれ一人として、この凶事を事前に見抜けなかった。

――私だけが特別というようなことはありえない……。在泊中の戦艦群は救いようがなく、空母「エンタープライズ」もまた沈められていたにちがいない！

ただしニミッツは、最後に沈められた空母「レキシントン」にかぎっては〝救いようがあったかもしれない〟と思っていた。もともと「レキシントン」は日本軍空母艦隊の攻撃圏外で行動していたからである。しかしニミッツにも〝救えた〟という確信はなかった。

とにかく「レキシントン」まで沈められてしまったことが大きかった。

空母「ホーネット」は太平洋艦隊の指揮下へ編入されることがすでに決まっていたが、それを数に入れても、使える空母は「サラトガ」「ヨークタウン」「ホーネット」の三隻でしかない。しかも、パール・ハーバーはいつ使えるようになるかわからず、これら三空母は当面のあいだサンディエゴから出撃させるしかない。

サンディエゴからオアフ島近海までは四日は掛かる。これでは日本の艦隊が二次攻撃を仕掛けて来たときに、三空母による迎撃が間に合うかどうかもあやしい。ニミッツにはオアフ島を護り切る自信がとてもなかった。

――味方空母の絶対数がまるで足りないではないか……。

日本の主力空母は六隻とわかっているが、軽空母なども含めると、全部で九隻は下らない。現にオアフ島近海に現れた敵空母は〝七隻〟と報告されていた。しかも、日本のパイロットはみな技量が高く、相当に訓練されている。

味方空母がわずか三隻ではまともに戦いを挑むことができず、それこそ空母戦を徹底的に避けて船団攻撃に賭け、日本兵のオアフ島上陸をなにがなんでも阻止するしかなかった。

「きみはなぜ、太平洋艦隊司令長官への就任を断るのかね？」

大統領直々の呼び出しは、やはり司令長官への就任要請だった。

「空母の数が足りず、基地も壊滅状態です。オアフ島を護り切る自信がございません」

ニミッツは率直にそう答えたが、ルーズベルト大統領は首をかしげながら言い切った。

「石油を分捕《ぶんど》るのにいそがしく、ここしばらくは日本の空母部隊が日付変更線を超えて来るようなことはあるまい」

たしかにその可能性は低かったが、日本の艦隊はいずれその矛先をハワイへ転じて来るにちがいなかった。それまでに是が非でもオアフ島の基地機能を回復しておく必要があり、ニミッツはそのタイムリミットを〝三ヵ月〟とみていた。

「おっしゃるとおり、しばらく日本軍は、南方の攻略に全力を傾注するでしょう。しかし早ければ来年（一九四二年）四月ごろには、再びオアフ島を攻撃して来る可能性があるとみます。はたしてそれまでにパール・ハーバーの復旧を終えられるでしょうか？」

するとルーズベルトは、憮然《ぶぜん》とした表情でつぶやいた。

「ああ、復旧に六ヵ月も掛かっているようでは話にならん。……そりゃ、（三ヵ月程度で）なんとしてもやるんだ……」

「……しかし、本当に可能でしょうか？　太平洋艦隊をお預かりするのは大変名誉なことではありますが、その点が心配でオアフ島の防衛に確信が持てません」

ニミッツは勇気をふり絞ってそう訴えたが、ルーズベルトにはきっちりとした考えがあり、ニミッツの目を見すえて言った。

「すぐにオアフ島へ飛び、きみ自身が復旧工事の陣頭指揮に当たるのだ。人、金、物、必要なものはすべて私に訴えてくるがよい。……要は、きみ自身に、その気があるかどうかだ！」

大統領のこの言葉を聞いて、ニミッツとしても覚悟を決めるしかなかった。

必要なものは「すべて私に訴えてこい！」というその言葉は、全面的な協力を惜しまないというパール・ハーバーの早期復旧に賭ける、大統領の決意表明と受け取ることができた。

たしかに復旧工事の期限を現時点で決めつけることはできなかった。実際にオアフ島へ飛び、ニミッツ自身の目で被害状況を確認する必要があるだろう。

「わかりました。それでは、とにかくオアフ島へまいります。そして、現地の状況を精査した上で必要なものを大統領へただちに報告し、復旧の期限を切ります。それで納得していただけるようであれば、私を、あらためて太平洋艦隊司令長官に任命してください」

ニミッツがそう答えると、これにはルーズベルトも大きくうなずいた。

それを見て、ニミッツがさらに続ける。

「それと、日本軍の攻勢を喰い止めるには、やはりそれ相応の空母が必要です。日本海軍の空母は多ければ九隻はいるでしょう。わが空母が三隻ではいかにも少なすぎる……。私がもし太平洋艦隊をお預かりするとすれば、わが合衆国が保有する空母の大多数を、是非とも太平洋へ回していただきたい！」

語気を強めたニミッツの申し出を聞き、ルーズベルトは、〝あつかましいヤツだ〟と思うどころか、かえってそれを頼もしく感じた。

――私がわざわざ言うまでもなく、この男はすでに、空母主体の艦隊運用を考えているにちがいない……。

そのとおりだった。敵将・山本五十六が編み出した戦術であろうがなんであろうが、現実主義に立脚するニミッツは、良いものは〝どんどん真似してやろう〟という気構《きがま》えで、戦艦を主力とする艦隊運用にすでに見切りを付けていた。

ルーズベルトは、ニミッツの申し出に深々とうなずき、その必要性を即座に認めた。

「ああ、三隻では少なかろう。キングとすぐに話し合い、そのための措置を執る」

ルーズベルトが言う〝キング〟とは、現・大西洋艦隊司令長官で合衆国艦隊司令長官への昇格が内定していたアーネスト・J・キング大将のことである。

ルーズベルト自身は、空母「ワスプ」を今すぐにでも太平洋艦隊の指揮下へ編入してもよいだろう、と考えていた。

しかし現在「ワスプ」はキング大将の指揮下に在り、ノーフォーク工廠でオーバー・ホールを実施後、イギリス本国艦隊と地中海で共同作戦をおこなうことがすでに決まっていた。ルーズベルトはそのため即答を避けたのだった。

ニミッツがうなずくと、ルーズベルトはさらに言及した。

「大西洋艦隊からすべての空母を取り上げることはできない。だから防御力の弱い空母『レンジャー』は大西洋へ残すことになるが、キングと話し合い、『ワスプ』は遅くとも四月中には太平洋へ回航できるだろう」

一九四〇年四月に竣工した「ワスプ」は、ヨークタウン級空母に比べると小型だが、第一線級の性能を持つ空母だ。同艦が編入されれば、指揮下の主力空母は全部で四隻になる。

母艦搭乗員を育成するために大西洋にも一隻は空母を残しておく必要がある。大統領が最大の配慮をしてくれていることはよくわかったので、ニミッツもこれ以上の要求は避けた。

なにせ、空母「エンタープライズ」と「レキシントン」をいきなり沈められたので、アメリカ海軍の保有する空母は現時点でわずか五隻となってしまっていた。

そのうちの四隻を太平洋へ配備してくれるというのだからこれ以上の優遇措置はなく、ニミッツも、いよいよ〝四隻で戦うしかない！〟と覚悟を決めた。

「わかりました。大統領のご期待に沿うべく、最大限、努力いたします」

これは事実上、司令長官就任要請に対する、受諾の言葉であった。

チェスター・W・ニミッツは一九四一年一二月一八日付けで太平洋艦隊司令長官に就任。二階級特進で大将へ昇進したニミッツは、潜水艦「グレイリング」に乗って、パール・ハーバーへ赴いたのである。

3

ニミッツ大将がパール・ハーバーを臨む太平洋艦隊司令部に着任したのは、暮れも押し迫る一二月三一日のことだった。

ニミッツはただ独り副官のアーサー・ラマー大尉のみを伴ってオアフ島へ赴き、キンメル大将の下で働いていた太平洋艦隊の幕僚をすべて引き継いだ。更迭を覚悟して気落ちしていた幕僚らはみな、この決定に救われた。

空襲による被害は想像以上にひどく、まる四日間掛けてオアフ島の各所を視察してまわったニミッツは、まず〝これは大変な大仕事になる！〟と覚悟を決めざるをえなかった。

カネオへ、ホイラー、ヒッカムなどの主要飛行場では大型爆撃機などが着陸できるよう、さすがに整備されていたが、エプロン地帯や滑走路のソデには、いまだに友軍機の残骸がうずたかく積み上げられていた。

空母「サラトガ」によって輸送された戦闘機が七〇機ほど在り、それらは飛行可能だが、ガソリンや銃弾は補充に事欠くほどだった。

とにかく重機が不足しており、飛行場の完全復旧は程遠い。日本軍の徹底的な爆撃によって、クレーンやショベルカー、ブルドーザーなどもことごとく破壊されていた。

むろん人手も足りないが、海軍として最も憂慮すべきは港湾施設の被害だった。

空母が四隻に増えたとしても、現状のままでは作戦することすらできない。こちらでも同様に特殊重機が破壊されており、サルベージ作業などはとても不可能だ。転覆、着底した戦艦などはしばらく放置しておくしかない。

油槽地帯の被害も深刻だ。太平洋艦隊は一気に四〇〇万バレルもの重油を焼失し、あとは、地下タンクに貯蔵していた残り五〇万バレルの重油で艦艇を動かすしかなかった。

一刻も早く油槽地帯の残骸を取り除いて、新たなタンクを増設する必要がある。備蓄が五〇万バレルでは、空母四隻の機動部隊が本格的な遠征を一度でもやると、艦隊はたちどころに重油不足におちいってしまうだろう。

さらに、地上タンクの全滅に輪をかけて補給廠《しょう》までもが完全に破壊されている。これではせっかく焼失をまぬがれた五〇万バレルの重油も、以前のように矢の催促で次から次へと艦艇へ給油するのは到底、不可能であった。

太平洋艦隊の司令部施設、潜水艦基地、それに通信網などがおおむね活きていることが、せめてもの救いだった。

ことに通信が不自由なく使えるので、陸軍との連絡に支障はなかった。当然ながら迅速な復旧には陸軍との協力が欠かせない。飛行場の復旧はひとまず陸軍に下駄を預けることにし、ニミッツは港湾施設の復旧に全力を注ぐことにした。

なかでも補給廠の復旧を最優先とし、ニミッツは、一ヵ月以内の立て直しをめざしてみずから現場へ足を運び、唾《つばき》を飛ばした。

尉官時代に潜水艦用ディーゼル・エンジンの研究をしていたニミッツは、工廠に勤務した経験があり、エンジン・メーカーから引き抜きを受けるほど機械に明るかった。

しかし着任当初の期待もむなしく、パール・ハーバーの全面復旧には、やはり四月いっぱいまで掛かりそうだった。

いや、四月いっぱいという期限も多分に希望的観測で、それを成し遂げるにはどうしても、大統領の全面的な支援が必要だった。

年明け早々にニミッツから報告を受けたルーズベルトは、細部にわたるその報告書にまず舌を巻いたが、さすがに大統領だけのことはあり、オアフ島の早期復旧へ向けてとっておきの方策を準備していた。オアフ島の復興事業を「ニューディール政策」の目玉に据えるのだ。

ニューディール政策はすでに議会の承認を得ており、そのための大幅な追加予算措置を必要としなかった。いや、これは戦争だから、もし金が足りないとなれば、ルーズベルトはさらに議会にねじ込んで予算をもぎ取る決意もかためていた。

とはいえ、当面のあいだはすでに獲得した予算でやりくりする必要がある。オアフ島の復旧は急務であり、TVA（テネシー川流域開発事業）などのために確保した人員や建設資材の多くを、オアフ島の復旧工事に振り向ける。そのためにTVAのほうが多少〝後れてもかまわない！〟と、ルーズベルトは決断した。

そしてニミッツは、大統領によるこの迅速な決断によって救われた。一月中旬以降は、工夫や建設資材、重機などを満載した輸送船がアメリカ本土から続々と到着し、復旧工事がそれこそ猛烈な勢いで進展し始めた。

空になった輸送船は、廃棄物や鉄くずを山積みにして、本土へ戻ってゆく。そうした光景が毎日のように繰り返されて、パール・ハーバーはどうにか四月中には息を吹き返しそうだった。

——やはりわが合衆国の国力、工業力は絶大だ……。

本土からひっきりなしに到着するあまたの輸送船をみて、ニミッツはあらためてそう痛感し、感動さえおぼえた。

けれども、日本軍がいつ、オアフ島へ攻め掛かって来たとしてもおかしくない。ニミッツの心がやすまる時はなかった。日本本土に〝もし石油が産出していたら……〟と考えるとゾッとする。今ごろオアフ島は赤子の手をひねるようにして、占領されていたにちがいなかった。

ニミッツは、現在指揮下に在る三空母「サラトガ」「ヨークタウン」「ホーネット」に対して、いつでもサンディエゴから出撃できるように待機を命じていたが、日本の大艦隊が大挙してハワイ近海へ現れたとしたら、オアフ島を護り切るような自信はまったくなかった。

実際、四月末までのおよそ三ヵ月間はじつに危機的な状況が続いていたが、日本軍は、どうやら予想したとおり、石油の獲得に躍起になっているようだった。

サンディエゴで待機させている三空母もそうだが、ニミッツは、決して指をくわえてみていたわけではなかった。

頼るべきは、パール・ハーバー政庁ビルの地下室で献身的な活動をしている、ジョセフ・J・ロシュフォート中佐の暗号解読班だった。

ロシュフォートの暗号解読班は編制上は太平洋艦隊の指揮下ではなくワシントンの海軍通信情報課に属していたが、ニミッツは自身の情報参謀であるエドウィン・T・レイトン大佐を通じて、彼ら暗号解読班の上げて来る情報に、毎日欠かさず目を通していた。

暗号解読の精度はいまだ高いとはいえず、報告内容の真偽は定かでなかったが、二月下旬までは満足に長距離哨戒機を飛ばすこともできなかったので、ニミッツとしては暗号解読班の上げて来る情報に頼らざるをえなかった。

暗号解読と併行して、ロシュフォートのチームは日本軍艦隊の無線呼び出し符号別の交信状況を根気よく観察していたが、彼らは、二月はじめには、日本の電信員を個別に判別できるまでになっていた。

たとえば、ながらく日本軍空母部隊の旗艦をつとめていた空母「赤城《あかぎ》」の電信員が〝必要以上に強く電鍵《でんけん》を叩く癖がある〟ということを、彼らはきっちりと見抜いていた。

そして、三月までにロシュフォートの暗号解読班は、日本軍艦隊の位置を三〇〇ないし四〇〇海里の誤差で補足できるようになっており、ついに三月下旬には、日本軍機動部隊がインド洋へ向かったことを突き止めたのだった。

「間違いありません。敵空母の大半がインド洋へ向かっております！」

三月二八日に情報参謀のレイトンがそう報告すると、これを聞いてニミッツは、ようやく安堵の表情を浮かべた。

――これでパール・ハーバーの復旧が間に合う……。最大の危機は過ぎ去った！

インド洋へ踏み込んだ日本軍機動部隊が日本本土へ戻って来るのは、早くても四月二〇日以降のことになるだろう。

だとすれば、すくなくとも五月中旬ごろまでは日本軍機動部隊が〝日付変更線を超えて来るようなことはない！〟と考えてよかった。

パール・ハーバーの復旧はやはり四月いっぱいまで掛かりそうだが、敵の来寇《らいこう》が五月中旬以降なら、なんとか間に合う。

大統領が約束したとおり、空母「ワスプ」も四月末には太平洋へ回航されて来ることが決まっていたので、五月はじめにはいよいよ指揮下の空母が四隻となり、パール・ハーバーを拠点にして作戦できるようになる。そうなれば、ここからがまさに太平洋艦隊司令長官としての腕の見せどころだった。

そしてニミッツは、あわよくば〝日本軍にひと泡吹かせてやろう……〟とレイトンの上げて来る情報にかじり付き、山本五十六の前に立ちふさがろうとしていたのである。

第二章　戦艦「比叡」の中将旗

1

連合艦隊司令長官の山本五十六大将は一躍、時の人となっていた。

すべての新聞紙上に名前がおどり、婦女子までもがその名を口にしている。見出しには『捨て身の陣頭指揮！』などとあって、「ハワイ作戦」の大成功で内地は盆と正月がいっぺんに来たような騒ぎとなっていた。

それとはうって変わって冴えない表情を浮かべていたのが、第一航空艦隊の独立旗艦・空母「赤城」に将旗を掲げる南雲忠一《なぐもちゅういち》中将だった。

——こんなことならハワイへ出撃しておけばよかった……。

もちろん口に出しては言わないが、味方がこれほどの大勝利を収めるとはつゆも思わず、ハワイ作戦に反対したことを〝後悔していない〟といえば嘘になる。むろん気の所為にちがいないが、南雲は、座乗艦「赤城」の艦橋をみるたびに、「赤城」にまで〝なぜ、おれを連れて行かなかったのかっ!?〟と責められているような気がしてならなかった。

源田実《げんだみのる》中佐を筆頭に第一航空艦隊の多くの参謀が南雲と同様にため息を吐いていたが、参謀長の草鹿龍之介《くさかりゅうのすけ》少将だけはあくまで強気だった。

「この『赤城』がフィリピンを空襲し、米軍の目を惑わせたからこそ、ハワイ作戦が奇襲となって成功したのです！」

たしかにその一面はあった。

だがそんな草鹿でさえも、空母「エンタープライズ」と「レキシントン」を一挙に撃沈してみせた、山本長官の執念ともいえる粘り強い指揮ぶりには脱帽せざるをえなかった。

——宿敵・米空母を、いきなり二隻も沈めてくれたのはじつに大きい！

むろん沈めたのは「大和《やまと》」ではなく、ハワイ作戦に出撃した七空母の母艦航空隊がそれをやってのけたのだが、それら七空母は、本来の艦隊編制では「赤城」の指揮下に在って、第一航空艦隊の中核となるべき戦力のはずだった。

「元の編制に戻していただきたい！」

ハワイ空襲部隊の母艦七隻は当該作戦に限定して一時的に「赤城」の指揮下から離れていたにすぎない。草鹿がそう訴えるのは当然で、連合艦隊司令部も元の編制に戻すつもりでいた。

しかも連合艦隊司令部は、ハワイ作戦終了後はただちに〝南方攻略に空母群を派遣する〟という軍令部の方針にも同意しており、七隻の母艦は昭和一七年の年明け早々には、南雲中将の指揮下へ戻された。

ただし空母「翔鶴《しょうかく》」はハワイ作戦時に飛行甲板を損傷していたので、実際に戻された空母は六隻だった。「翔鶴」は修理のため入渠《にゅうきょ》した。

ハワイ作戦の成功でアメリカ太平洋艦隊は今や完全に沈黙している。空母六隻を指揮下に加えた南雲機動部隊は、まさに〝水を得た魚〟のように太平洋の各地で暴れまわった。

機動部隊の旗艦「赤城」の艦橋に立つ南雲や草鹿は、置いてきぼりを喰った〝緒戦のうっぷんを晴らそう〟と懸命である。

第一空襲部隊の空母「赤城」「瑞鶴《ずいかく》」「加賀《かが》」と軽空母「祥鳳《しょうほう》」「瑞鳳《ずいほう》」は一月一八日にトラックへ進出し、ラバウル、カビエンなどを空襲。第二空襲部隊の空母「蒼龍《そうりゅう》」「飛龍《ひりゅう》」も一月一七日にはパラオへ進出して、セレベス島やアンボンなどを空襲した。

そして、帝国海軍は一月中にこれら要地をことごとく占領したが、次の作戦に備えて機動部隊がパラオで再集結したとき、二番艦の位置に係留されようとした空母「瑞鶴」が二月九日に座礁事故を起こしてしまい、その後の作戦は「瑞鶴」を欠いて、「赤城」「蒼龍」「飛龍」「加賀」「祥鳳」「瑞鳳」の六空母で実施することになった。

ところで、ハワイ作戦の成功で味を占めた山本五十六は、内地へ帰還した直後から、南雲忠一に対して戦艦への座乗を勧めていた。

「おい。『大和』の艦橋に設置したレーダーは敵機の接近を知るのに大いに役立つ。……いずれきみには、『大和』をゆずるつもりだが、今後は空母に乗るのを止めて、きみも戦艦に乗り換えてはどうかね？」

かねてより空母の脆弱《ぜいじゃく》性を危惧していた南雲忠一は、山本の言葉に俄然心をうごかされた。とりわけ、「大和」をゆずる、という一言は、南雲の心に大きくひびいた。

――そりゃ本当に「大和」をゆずってもらえるなら、大船に乗ったつもりで戦える！

もちろん草鹿にも相談したが、草鹿龍之介にもこれを拒否する理由はひとつしかなかった。

「結構だと思いますが、戦艦の艦上では艦載機のやりくりができませんな……」

そうは言ってみたものの、じつは、プライドの高い草鹿は〝一級品〟に目が無く（ブランド志向が強く）、本音を言えば相談を受けた尻から、「大和」に乗りたくてうずうずし始めていた。

数ある帝国海軍の軍艦のなかでみながあこがれる一級品といえば、それはやはり、「大和」の右に出る逸品はなかった。もはや航空主兵の世が到来したとはいえ、どの艦に〝乗りたいか？〟と訊かれれば、大多数の海軍軍人が空母ではなく「大和」の名を挙げるにちがいなかった。

草鹿は内心もろ手を挙げて賛成だったが、ハワイ作戦に〝出る、出ない〟では下の者から不評を買った経緯もある。

――問題は、源田だな……。

草鹿は、南雲長官には答えを一日だけ待ってもらい、その日のうちに航空参謀の源田実を自室へ呼び出して、「大和」の件を問いただした。

「敵機の早期発見に、もはやレーダーは欠かせない。いずれ『大和』をもらい受け、『大和』を機動部隊の旗艦にしようと思うが、なにか問題はあるかね？」

「戦艦艦上で指揮を執っていたのでは、すぐに再出撃可能な攻撃機が何機あるのか、とか、兵装作業があとどれぐらいの時間で完了するのか、というような機微がわからず、臨機応変な作戦指導ができません！」

源田はそう即答したが、それぐらいのことは草鹿も当然、承知していた。

「だから、こまかい航空戦の指揮は各航空戦隊の司令官に任せることになる」

「それでは統一性に欠き、攻撃機の集中に支障を来たす恐れがございます」

「だから一航戦の山口《やまぐち》（多聞《たもん》）司令官が統一して航空戦の指揮を執ることにしておく。……ハワイ作戦はそれで大成功したのだから、なにも問題はなかろう」

　第一航空戦隊司令官の山口多聞少将が統一指揮官にふさわしいことは、不本意ながら源田も認めざるをえなかった。

「そ、それはそうですが……」

「ですが、なんだ⁉」

　草鹿はすかさずそう突っ込んだが、源田も負けていない。

「戦艦艦上では搭乗員らとじかに接することができず、やつらの顔も見ずに敵の力量や戦果の度合いを推し量れば、判断をまず誤ります！」

　搭乗員らの手ごたえを聞いてそれを作戦に活かすのはまさに航空参謀の役目だが、源田は〝それを自身の手でやりたい！〟という思いが、どうしても強かった。

「気持ちはわからぬでもないが、現に山口司令官は、そうしたことを（きみがいなくても）すべてうまくやってのけたではないか」

　草鹿の言うとおりだった。

　ハワイ近海でうろついていた米空母をきっちり二隻とも沈めることができたのは、山口司令部の作戦指導がズバリ的中したことを証明しているようなものだった。

　草鹿の反論は説得力充分で、源田はぐうの音も出なかった。

　源田がうなだれたままなので、草鹿がしかたなく続ける。

「それに、『大和』に座乗しておればほかのどの艦を旗艦にしているよりも敵攻撃隊の来襲に真っ先に気づくことができる。全軍をあずかる艦隊司令部は、いざ、というときに指導力を発揮してこそだと思うが、肝心な時に指導力を発揮するには脆弱な空母艦上で指揮を執るよりも、『大和』のほうが適しているはずだ」

　戦艦「大和」の防御力は帝国海軍、いや、世界随一で、ちょっとやそっとのことで旗艦としての機能を失うようなことはない。まったく、草鹿の言うとおりだった。

「そ、それは、そのとおりでしょうが……」

　一旦は口を開いてみたものの源田はそうつぶやくのが精いっぱいで、まるで二の句を継げなかった。やはり旗艦の選定ばかりは南雲中将の立場になって考えてみる必要がある。艦隊司令長官の立場に立てば、やはり防御力の強い「大和」を旗艦にしておくのが最もふさわしいにちがいなかった。しかもレーダーを積んでいることが大きい。

　要するに、源田が〝山口司令官の参謀〟になりさえすれば、源田自身の個人的な欲求はそれで満たされ、すべてが丸くおさまるのだった。が、そんなことはとても言い出せない。みずからを一航空戦隊の参謀へ格下げすることになるし、源田にも〝おれは第一航空艦隊を支えているのだ！〟という意地があった。

　源田の逡巡《しゅんじゅん》を見透かしたようにして、草鹿がさらに背中を押す。

「それに艦隊内に『大和』がおれば、いったん緩急のあった〝ここぞ〟という時に、味方空母群を護ることもできる！」

巨大戦艦「大和」を〝味方空母群の盾として使える〟という草鹿龍之介の言葉は、たしかに源田実の背中を押した。

大艦巨砲主義の権化である戦艦「大和」を事実上、空母の護衛役に格下げしようというのだ。それこそ、みずからが長いあいだ想い描いてきた真の航空主兵の実現であり、艦隊内に「大和」の姿が在るだけで、命懸けで出てゆく搭乗員たちの肝も、これまで以上に据《す》わるだろう。

「……わかりました。『大和』で空母を護る、とおっしゃるなら、私も忍んで参謀長の仰せに従いましょう」

ところが、次の作戦に備えてセレベス島のスターリング湾で六空母が集結してみると、内地から派遣されてきた戦艦は「比叡《ひえい》」だった。

戦艦「大和」の姿はなく、三戦艦「比叡」「金《こん》剛《ごう》」「榛名《はるな》」の姿が在り、「比叡」の艦橋頂部にはたしかに「大和」と同様の対空見張り用レーダーが設置されていた。

対空レーダー未装備の「金剛」「榛名」は第三戦隊司令官の三川軍一《みかわぐんいち》中将が率いることになっており、南雲忠一中将は「比叡」に将旗を移すことが決まっていた。

そのことを、草鹿参謀長が源田参謀にあらためて告げた。

「第一航空艦隊は明後日（二月一八日）から『比叡』に司令部を移して作戦する！」

「大和」ではなく「比叡」と聞かされて、源田は思わず文句を言った。

「……参謀長。そりゃ、約束がちがうじゃありませんか……」

源田が文句を言うのは無理もないが、草鹿はこれに平然と返した。

「すぐにとは言っておらぬ。いずれ『大和』をもらい受け、機動部隊の旗艦にする、と言っておいたはずだ」

たしかにそのとおりだった。源田も、言われてみれば、そうだったような気がした。

「とにかく、今日中に大方の引っ越しを済ませたいので、急いでくれ！」

源田は無言でうなずき、草鹿の指示にただ従うほかなかった。

司令部の移転は予定どおり進み、二月一七日の夕刻には戦艦「比叡」のマストに南雲忠一中将の将旗が揚がった。代わって空母「赤城」には第二航空戦隊司令官の角田覚治《かくたかくじ》少将が座乗し、新たにその旗艦としている。

つまり、角田少将の第二航空戦隊は二月一七日付けで空母三隻「赤城」「飛龍」「蒼龍」の陣容となっていた。

原忠一《はらちゅういち》少将の第三航空戦隊は空母「加賀」と軽空母「祥鳳」「瑞鳳」の陣容で変わらず、これら空母六隻は、第一航空艦隊の独立旗艦となった戦艦「比叡」に率いられて二月一八日・正午過ぎにスターリング湾から出撃した。

めざすは豪州北部のポートダーウィンだ。

南雲機動部隊は、今度は「第一次機動作戦」として二月二二、二三日にポートダーウィンを空襲し、二月二八日から三月一〇日過ぎに掛けて「第二次機動作戦」としてジャワ海掃討をおこなうことになっていた。

そしてその間、およそ手応えのある敵が現れることはなく、両作戦は三月一一日に終了した。

南雲機動部隊は連合軍の艦船や航空機を豪北方面ならびに蘭印から一掃。日本軍はマレー半島やシンガポール、ボルネオやインドネシアの島々をことごとく制圧、占領した。

石油の獲得に成功した帝国陸海軍は、当初の計画どおり三月いっぱいで南方作戦を終えることができ、第一段作戦を完遂したのである。

2

南雲中将の機動部隊本隊が日付変更線以西の太平洋を股にかけて暴れまわっていたころ、第一航空戦隊司令官の山口多聞少将は独り髀肉之嘆《ひにくのたん》をかこつていた。

旗艦の空母「翔鶴」がハワイ作戦で傷ついてしまい、山本長官から〝居残り〟を命ぜられた。

どうせ出撃できぬならということで、山口は内地で搭乗員の訓練に当たっていた。それに、ハワイ作戦ではおよそ一〇〇機を喪失し、一三〇名に及ぶ搭乗員を亡くしていたので、その埋め合わせをする必要もあった。

一月、二月は搭乗員の訓練に掛かりっきりとなり、練度不足の搭乗員をなんとか荒鷲《あらわし》に近いレベルにまで錬成した。二月末には空母「翔鶴」も修理を完了して、山口が〝さあ、これからだ〟と思っていた矢先に、今度はなんと空母「瑞鶴」がパラオで座礁事故を起こし、内地へ戻って来たのである。

南方作戦はおおむね順調で、艦底を傷付けた空母「瑞鶴」が母港の呉に入港した二月二五日ごろには、第一段作戦はおよそ三月いっぱいで片付く見通しが付いていていた。

けれども今度は、僚艦の「瑞鶴」が出撃不能となり、相次ぐ不運に山口もあきれて、首席参謀の伊藤清六《いとうせいろく》中佐を相手に思わずつぶやいた。

「こりゃ、おれには〝南方作戦に出るな！〟という、神様の思し召しかもしれんな……」

　あながち冗談とも受け取れず、伊藤は苦笑いでお茶を濁すしかなかった。

　飛行隊の訓練は着実に進んでいたが、艦底を損傷した「瑞鶴」の修理は、たっぷり四月末まで掛かりそうだった。

　そのことは、山口自身が連合艦隊司令部に報告したが、山本長官は大して驚いた様子もなく、山口の背中をポンと叩いて言った。

「そうか、『瑞鶴』の修理は四月いっぱいまで掛かるか……。まあ、急ぐことはないが、インド洋には『翔鶴』だけでも出てもらうぞ」


　南方作戦は三月いっぱいで〝けり〟が付く目途が立っており、連合艦隊司令部はこのときすでに第二段作戦の検討を始めていた。

　そのなかで真っ先にやるべき作戦として浮上したのが「セイロン島空襲作戦」だった。

　南雲機動部隊を長駆《ちょうく》インド洋まで派遣し、セイロン島の英海軍要港を空襲。あわよくば英東洋艦隊の主力を撃破して、その活動を封じてしまおうというのであった。

　しかしながら、インド洋作戦はすんなり決まったわけではなかった。

　連合艦隊司令部と陸海軍統帥部の話し合いはおよそかみ合わず、本来はセイロン島を攻略しようと考えていた連合艦隊の方針は参謀本部の反対に遭って通らなかった。結局、機動空襲作戦のみを実施する、ということで話がまとまった。

機動部隊による空襲だけなら〝海軍のみで実施できる〟ということで、軍令部が消極的ながらも連合艦隊の計画を認めたのだ。

しかし山本五十六の眼は、あくまでもハワイの攻略を見すえていた。

参謀本部は〝連合艦隊に自信があるなら〟とハワイ攻略には反対しなかったが、オアフ島に二個師団ほど上陸させるには、その作戦準備に半年以上は掛かる、と回答してきた。

だとすれば実施は九月以降のことになるが、連合艦隊の全力でハワイ方面へ押し出すには、まず後顧《こうこ》の憂《うれ》いを取り除いておく必要がある。そこで山本は背後を固めるために、英東洋艦隊の殲滅作戦を思い付いたのである。

かたや、軍令部が本命視している作戦は「米豪遮断作戦」だった。

軍令部は、連合軍が豪州を拠点にして南方資源地帯の奪還に乗り出して来るのではないかと警戒しており、米軍が反撃の狼煙《のろし》を挙げる前に先手を打ってフィジー、サモア両島を占領し、米豪間にあらかじめくさびを打ち込んでしまおう、というのであった。

けれどもこれには山本司令部が猛反対した。日本からフィジー、サモアまでの距離は四〇〇〇海里も離れており、ハワイ（日本から約三三〇〇海里）よりも遠い。大した防御施設もない孤島で容易に占領できるかもしれないが、裏を返せば簡単に奪還をゆるす恐れがある。第一、距離が遠すぎて補給が続かず、消耗戦にひきずり込まれる可能性が高い。米軍相手に消耗戦を挑んでも勝ち目はなく、それなら敵太平洋艦隊の心臓であるハワイを直接突いたほうがよいというのであった。

激論が戦わされたが、軍令部、連合艦隊ともにゆずらず、結局、玉虫色の決着が図られて、とりあえず六月までの作戦予定が先に決まった。

連合艦隊司令部が本命視している「ハワイ攻略作戦」は、時期尚早ということで結論が先送りにされたのだ。

【第二段作戦】南雲機動部隊の作戦行動予定

四月初旬「セイロン島空襲作戦」
・実施部隊および参加予定空母／計七隻
一航戦・空母「翔鶴」
二航戦・空母「赤城」「飛龍」「蒼龍」
三航戦・空母「加賀」軽空「瑞鳳」「祥鳳」

五月初旬「ポートモレスビー攻略作戦」
・実施部隊および参加予定空母／計三隻
三航戦・空母「加賀」軽空「瑞鳳」「祥鳳」

六月初旬「ミッドウェイ攻略作戦」
・実施部隊および参加予定空母／計一〇隻
一航戦・空母「翔鶴」「瑞鶴」軽空「瑞鳳」
二航戦・空母「赤城」「飛龍」「蒼龍」
三航戦・空母「加賀」「隼鷹《じゅんよう》」
四航戦・軽空「龍驤《りゅうじょう》」「祥鳳」

四月実施の「セイロン島空襲作戦」は本決まりだが、戦えば、当然いずれかの空母が傷つくこともあるので、五月以降の作戦に参加する部隊はあくまでも予定である。

五月はじめには大型貨客船から航空母艦へ改造中の空母「隼鷹」がまず竣工し、その同型艦である空母「飛鷹《ひよう》」も七月いっぱいで改造工事を完了する予定になっていた。二隻は一線級の空母に準ずる中型空母だ。

搭載機数はおよそ五〇機で、時速二五・五ノットの最大速度を発揮できる。祥鳳型軽空母よりも搭載機数が二〇機ほど多く、新たな戦力として大いに期待できるため、後れて竣工する「飛鷹」が連合艦隊へ引き渡された時点で、空母「加賀」はこの「飛鷹」「隼鷹」とともに、あらためて第三航空戦隊を編制することになっていた。

飛鷹型空母の竣工によって軽空母「祥鳳」「瑞鳳」が三航戦の指揮下から離れることになるわけだが、このうち「瑞鳳」は、山口少将の指揮下へ編入されて、空母「翔鶴」「瑞鶴」とともに第一航空戦隊を編制することになっていた。

かたや「祥鳳」は、軽空母「龍驤」とともに第四航空戦隊を編制、重巡などを主力とする攻略部隊の一員となって、小規模島嶼基地の攻撃などを担う予定であった。

この改定により主作戦を担うべき一航戦、二航戦、三航戦はすべて空母三隻の編制となる。連合艦隊司令部、なかでも山本五十六大将は諸般の事情がゆるせば、これら空母九隻によって〝ハワイを攻略してやろう〟と胸をふくらませていた。

その山本大将から直々に言い渡されたので、山口多聞も空母「翔鶴」に将旗を掲げて、まずはインド洋へ出撃する。

機動部隊の旗艦は周知のとおり南雲中将が座乗する戦艦「比叡」だが、航空戦は第一航空戦隊司令官である山口が全体の指揮を執って、セイロン島の英海軍要港を空襲することになる。

ハワイ作戦から早三ヵ月が経過し、じつに久しぶりの出撃だ。座乗する空母「翔鶴」が豊後水道を抜けて太平洋へ打って出ると、山口は胸いっぱいに潮風を吸い込んだ。

――よき敵にめぐり合わせたまえ……。

山口はそう祈りつつ、しかと水平線のかなたを見すえて気合いを入れなおした。

そして、第一航空戦隊の旗艦・空母「翔鶴」は南雲忠一中将の待つセレベス島・スターリング湾に、三月二四日に入港した。

3

空母七隻の搭載する艦載機の総数は三七五機に達している。緒戦のハワイ作戦時に比べると戦力は低下していたが、一航戦の空母「翔鶴」を加えた南雲機動部隊は、現時点で世界最強の艦隊にちがいなかった。

――わが向かうところ敵なしだ！

南雲忠一自身、そのことを自負している。

空母「赤城」に座乗していたときよりも、南雲の表情は心なしか明るかった。インド洋を進撃する戦艦「比叡」の艦橋から、南雲は指揮下の空母七隻を頼もしそうに見降ろしていた。

ハワイ作戦への不参加で緒戦では割りを喰ったが、今度の出撃は英東洋艦隊の根拠地が攻撃目標だから、戦艦や空母など、おそらく大きな獲物を期待できる。

――ハワイ作戦と同等の戦果を挙げ、今度こそ上級司令部（連合艦隊司令部）の鼻を明かしてやる！

南雲だけでなく、草鹿や源田など第一航空艦隊司令部の全員がそう誓い、出撃していた。

昭和一七年三月二六日にスターリング湾を発した南雲機動部隊は、四月五日・早朝にはセイロン島の南南西洋上へ達した。

攻撃目標はセイロン島のコロンボだ。

南雲中将が命じると、戦艦「比叡」のマストに戦闘旗が掲げられ、それを受けて山口少将がすかさず攻撃隊に発進を命じた。

しかし残念ながら、コロンボ湾内にはめぼしい敵艦が存在しなかった。ただし、攻撃隊と同時に発進させていた索敵機の一機が南西へ向け遁走しつつある二隻の敵重巡「ドーセットシャー」「コンウォール」を発見し、緊急発進を命ぜられた艦爆隊が攻撃開始からわずか二〇分ほどで二隻とも轟沈。主力艦の撃沈とはいかなかったが、まずは二隻の重巡を屠ったことで、南雲や草鹿はわずかながらも留飲を下げた。

インド洋作戦はさらに続く。日没とともに南下した南雲機動部隊は、今度は東へ針路を変えつつ一旦セイロン島から距離をおいた。

島の東側へ回り込んで、英海軍が第二の拠点としている、トリンコマリー軍港を再び空襲しようというのだ。トリンコマリーはセイロン島の北東部に在る。

いっぽう、イギリス東洋艦隊司令長官のジェイムズ・ソマヴィル大将は、暗号解読情報によって南雲機動部隊のセイロン島空襲を事前に察知していた。強大な敵を前に温存策を決意したソマヴィルは、艦隊主力を六〇〇海里ほど南西のモルディブ諸島・アッズ環礁へ退避させることにした。

その指揮下にはイラストリアス級空母「インドミタブル」「フォーミダブル」や戦艦「ウォースパイト」「リゾリューション」「ラミリーズ」「ロイヤルサヴァリン」「リヴェンジ」など有力な部隊が存在したが、空母二隻が搭載している肝心の艦載機は八〇機にも満たなかった。

これに対して日本側の艦載機は全部で〝三〇〇機は下らない〟と予想されたので、肝心の航空兵力が四分の一以下では〝とても太刀打ちができない〟と判断し、ソマヴィル大将は正面からの戦いを避けたのだ。

とはいえセイロン島には二〇〇機の友軍機が配備されているし、基地をあっさり見捨てるわけにもいかない。また、日本軍空母艦隊は基地攻撃に忙殺されている可能性もあった。

そこでソマヴィルは、隙あらば〝横やりの攻撃を仕掛けてやろう〟と、アッズ環礁からひそかに主力部隊を出撃させた。それはよかったが、味方重巡二隻があっという間に撃沈されてしまい、日本軍機の恐ろしさをあらためて思い知らされたソマヴィルは、これでいよいよ戦意を喪失し、アッズ環礁への再反転を命じたのである。

三日の間合いを置いて、セイロン島の南南東から再接近、南雲機動部隊は満を持して四月九日にトリンコマリーを空襲した。

今回もまた、湾内に有力な敵艦は存在しなかったが、索敵機が逃げ後れた軽空母「ハーミズ」を抜かりなく発見し、第二波攻撃隊がこれに襲い掛かって、またもや二〇分足らずで「ハーミズ」を轟沈した。

小型とはいえ空母の撃沈にはじめて成功し、南雲司令部は活気に沸いたが、そんな南雲司令部とはうって変わって空母「翔鶴」艦上で指揮を執る山口少将はこのとき激怒していた。

「おい！　『比叡』司令部から事前に通報はあったか!?」

じつはすこし前に、「翔鶴」は突如来襲した敵爆撃機から至近弾を受けていたのだった。

艦に損害はなく、来襲した敵爆撃機九機のうちの五機を直掩の零戦がまもなく撃墜。「翔鶴」は事なきを得たが、完全に不意を突かれたので、さしもの山口も一瞬ヒヤリとした。

来襲したのはトリンコマリーから飛び立ったイギリス空軍のブリストル・ブレニム爆撃機で、それら九機は、索敵しながら水平爆撃を仕掛けて来たので、一定以上の高度を保って接近して来たにちがいなかった。

「いえ、『比叡』からは事前になんの通報もありません！」

首席参謀の伊藤中佐がそう即答すると、山口はいよいよ首をかしげて声を荒げた。

「おい！　せっかくのレーダーは故障中か⁉」

「……い、いえ。おそらく故障などということはないはずですが……」

伊藤が恐る恐るそう返すと、山口はさらに問いただした。

「敵機は、どれぐらいの高度から爆弾を落として来た⁉」

するとこれには、伊藤に代わって航空参謀の淵《ふち》田美津雄《だみつお》中佐が答えた。

「すくなくとも高度三〇〇〇メートル以上はあったと思います」

淵田はもはや飛行隊長として出撃せず、航空参謀の職務に専念していた。ついこのあいだまで飛んでいた淵田が〝三〇〇〇メートル以上〟と言うのだからまずまちがいない。

実際、淵田の観察は正しく、進入して来たブレニム九機のうち六機が投弾に成功していたが、六発の爆弾はすべて高度四〇〇〇メートルの上空から投下されていた。

「そうだろう。それだけの高度で飛んで来たのだから、故障さえしていなければ、必ずレーダーに引っ掛かったはずだ！」

言われてみれば、たしかにそのとおりだった。

伊藤と淵田はちいさく何度もうなずきながら顔を見合わせた。

――司令官のおっしゃるとおりだ……。

それでも二人が黙っているので、山口は業《ごう》を煮やしてもう一度、声を荒げた。

「なぜ、『比叡』から通報がない！」

それこそレーダーが故障していたとしか考えられないが、もし故障したのなら「比叡」司令部から事前に〝故障中！〟という警告があってしかるべきだった。

航空戦の指揮を執る山口が、「比叡」のレーダー探知を前提に作戦していることは艦隊司令部の連中も承知のはずであり、故障中にもかかわらずそれを報告せずに放置していたとしたら、黙ってハシゴを外しているのに等しい行為だ。それはそれで大問題ということになる。

そして伊藤があわてて問い合わせてみると、やはり「比叡」からは、レーダーは〝きっちり作動している〟との回答があった。

そのことを伊藤が報告するや、山口少将は怒りの形相でちいさくうなずき、今度はすっかり口を閉じてしまったのである。

4

敵・重巡二隻と軽空母一隻を撃沈し、南雲機動部隊はまずまずの戦果をおさめて「セイロン島空襲作戦」を終了した。

そして機動部隊はマラッカ海峡を通過し、四月一三日には一旦シンガポールに入港した。

駆逐艦に給油をおこなうだけの寄港で九時間後には出港するが、山口はその間に「比叡」へ乗り込み、南雲中将への直談判におよんだ。

「南雲さんはおるかっ⁉」

作戦室前の通路で副官をつかまえ、南雲長官のところへ強引に案内させた。山口の急な来艦に南雲はおどろいたが、山口は一切かまわず、部屋へ通されるなり切り出した。

「話があります。『翔鶴』が爆撃を受けたことは長官もご存じですね！」

トリンコマリー空襲時、南雲が乗る「比叡」は空母「翔鶴」のすぐ右を航行していたので、「翔鶴」の近くで、爆撃による水柱が林立したことは南雲も承知していた。

「うむ。大事にいたらず、よかった」

南雲はなにげなくそう返したが、山口はこれにいきなりかみついた。

「いや、よくありません！　来襲した敵爆撃機は三〇〇〇メートル以上の上空から爆弾を投じて来ました。『比叡』のレーダーは事前にこれを探知していたはずです！　『翔鶴』に敵機来襲の通報がなかったのは、なぜですか⁉」

山口から抗議を受け、南雲は今、はじめてそのことに気が付いた。来襲した敵機は一機や二機ではなく、「比叡」のレーダーは敵爆撃機の接近を必ずとらえていたはずだった。

「そう言われてみればそうだが、私はレーダーに反応があったことを一切、聞いておらん。……ひょっとすると、ちょうど故障しておったのではないか……」

南雲が首をかしげながらそう返すと、山口は言下にこれを否定した。

「いいえ。首席参謀の伊藤が『比叡』にすぐ確認してみましたが、レーダーはきっちり作動していました。故障じゃありません！」

故障でないとすれば、その〝運用に問題があった〟ということになる。

レーダーに反応があったにもかかわらず、それが見過ごされていたとすれば、山口に指摘されるまでもなく、これは放置できない問題にちがいなかった。もし報告を怠った者がいるとすれば、南雲はその者に対して、厳重注意をあたえる必要があるだろう。

「わかった。指摘はもっともだ。だが、私はたしかに報告を受けておらん。……参謀長以下にもたしかめ、調査してみる」

むろん原因を調べるには、数日は掛かるだろうから、南雲の言葉を聞いてここは山口もおとなしく引き下がった。

「ぜひ、そうしていただきたい。空母は一発でも爆弾を喰らうと瞬時に戦闘力を奪われる恐れがありますので、私としては、原因をあきらかにした上で、あなたが〝今後このようなことは二度とない〟と約束してくだされば、それでかまわんのです。ですが、事をうやむやにするのだけはやめていただきたい」

山口の申し出はもっともなので、南雲もここはおとなしくうなずいておいた。

山口が辞去してゆくと、南雲はさっそく参謀長の草鹿を呼んで徹底的な調査を命じたが、それから数日経ってもレーダー情報が無視された原因は判然としなかった。

当時レーダーを担当していた通信兵は「北西から敵機らしき機影が近づきつつある、と、きっちり報告した」と言うのだが、艦長や副長、それに司令部幕僚の全員が「そのような報告は一切聞いていない」というのである。

もはやこうなると〝言った、言わない！〟の水掛け論でしかなく、調査に当たった参謀長の草鹿自身もそうした報告は聞いておらず首をかしげるしかなかったが、事の真相はこうだった。

じつは、その通信兵は、通信参謀の小野《おの》寛治郎《かんじろう》少佐に報告していたのだが、小野に迷惑が掛かると思い、草鹿参謀長の調査に対しては「あわてて艦橋へ駆け込み報告したので〝相手〟がだれだったのか、はっきり覚えていません！」と肝心の名前を伏せて答えていたのだった。

いっぽう、小野のほうにも事情はあった。

当時、小野は、「ハーミズ」を発見した味方索敵機に対して接敵を続けるよう命じるのにいそがしく、その通信兵の報告したレーダー情報が耳によく入らなかったのだ。小野は、通信兵に対してつい、「ああ、わかった！」と生返事をしてしまい、通信兵も小野があまりにもいそがしそうだったので、それ以上しつこく報告するようなことはしなかった。

原因はそれだけではない。当時「比叡」の艦橋は、獲物となる〝敵空母をはじめて発見した〟ことで騒然としており、みなが口々に「それ、空母を逃すな！」「やれ、もっと正確な位置を確かめろ！」などと激しく注文を付け、寄ってたかって小野を急かせていた。艦橋の騒ぎたるや大変なもので、その通信兵が個人の名を伏せたのは、小野を気の毒に思っていたからにほかならない。

強いていうなれば、レーダー情報が不達に終わったのは敵空母「ハーミズ」の発見とレーダーによる探知がちょうど同じタイミングで起きていたということが原因だったのである。

「レーダーはきっちり敵機をとらえていたようだが、そのときちょうど艦橋が騒然としており、どうやら報告がうまく伝わらなかったようだ」

後日。南雲からそう聞かされたが、このような頼りない説明では、到底、山口は納得することができなかった。

「差し出がましいようですが、機動部隊司令部のレーダー運用に関してはやはり根本的な見直しが必要ですね……」

山口がそう指摘すると、南雲は黙ってうなずかざるをえなかった。

じつは、レーダー情報の扱いに関して手ちがいが生じていたのは、なにも南雲司令部に限ったことではなかった。

緒戦のハワイ作戦時には、連合艦隊司令部でも同じような混乱が起きていた。

当時、戦艦「大和」では承知のとおりみずから出撃を志願した技研の矢波技師がレーダーに張り付き保守、運用に当たっていたが、作戦中は「大和」でも「比叡」と同じように艦橋内が騒然としており、矢波が伝えようとしたレーダーによる探知情報が、すぐには山本長官に伝わらなかったのである。

しかし「大和」の場合は、作戦中でも遠慮なくそれを申し出るように、山本自身が矢波技師に対して繰り返し求めていた。

そのおかげで矢波は、報告を聞いてもらえるまで艦橋でねばり続けることができ、最終的に山本長官に伝えることができたのだった。

山本の場合と同じように南雲の考えがもし、下の者に徹底しておれば、「翔鶴」が不意に爆撃を受けるようなことは、おそらく避けられたにちがいなかった。

しかし山口は、ひとり南雲の所為にはできないだろうと考えて、レーダー情報の不達を徹底的にふせぐには、帝国海軍として〝もっと根本的な解決策が必要だ……〟と思い、このときある考えを思いついていたのである。

第三章　新鋭統制戦艦「大和」

1

敵はすっかり沈黙している。

南方作戦中に米海軍の主力艦（空母、戦艦）が現れるようなことはなく、真珠湾はいまだ傷が癒えていないにちがいなかった。

――港湾施設なども徹底的に破壊したので、基地を復旧するのにそれこそ半年ぐらい掛かるのじゃないか……。

帝国海軍の大多数の者がそう思い、緒戦の勝利にすっかり酔いしれていた。

だが、アメリカ太平洋艦隊はひそかに動き始めていた。

仕掛け人はルーズベルト大統領自身にほかならないが、陸軍の中型爆撃機を〝空母から発進させる〟という、その突拍子もないアイデアに、太平洋艦隊司令長官のチェスター・W・ニミッツ大将も一度は驚いたものの〝ぜひ、やりましょう〟と最終的に同意していた。

そしてニミッツ大将は今、情報参謀レイトン大佐の報告に耳を傾け、目をほそめていた。

「日本軍機動部隊はすでにインド洋へ向かって動き始めております。これはイギリス諜報部から入手した最新情報とも一致しておりますので、まずまちがいありません」

レイトンがそう報告したのは三月二八日のことだった。

真偽のほどをさらに確かめているような時間はなく、ニミッツはレイトンの報告に厳めしくうなずくと、即座に作戦の実行を決意した。

「よし、ヤマモトにひと泡吹かせてやる！　東京爆撃だ！」

ニミッツ大将の命令はすぐに伝えられ、陸軍のB25ミッチェル爆撃機一六機を飛行甲板に満載した空母「ホーネット」がサンフランシスコから出撃。それは一九四一年（昭和一七年）四月二日のことだった。空母「ホーネット」の艦長はマーク・A・ミッチャー大佐である。

かたや、一六機の〝アホウドリ〟を載せた「ホーネット」を護衛する必要があり、サンディエゴからは空母「ヨークタウン」が出撃していた。

護衛役の空母「ヨークタウン」は重巡三隻、軽巡一隻、駆逐艦八隻を従えて第一六任務部隊を編成。「ヨークタウン」のマストには、「エンタープライズ」の仇討ちを誓うウィリアム・F・ハルゼー中将の将旗がはためいていた。

――ジャップの心臓・東京へ、強烈なお返しをしてやる！

洋上進撃中に万一日本の艦隊と遭遇したとしても「ホーネット」は艦載機を放って応戦することができない。このきわどい護衛役を任せられるのは海軍随一の闘将・ハルゼーしかいなかった。

パール・ハーバーはいまだ完全には復旧していない。もし暗号解読班の情報が誤りで、日本の空母が日付変更線を超えて来るようなことがあれば、空母「ヨークタウン」と「ホーネット」を手放した太平洋艦隊は俄然窮地に立たされる。

主力空母二隻を欠いた状態でハワイを護り切るのは到底不可能であり、ニミッツとしてもこの機動空襲作戦を命じて断行するのはひとつの賭けにちがいなかった。

四月四日・午後遅く。空母「ホーネット」と空母「ヨークタウン」の部隊はサンフランシスコの西方洋上で無事に合同を果たした。

その数時間後には〝コロンボ空襲！〟の第一報が太平洋艦隊司令部へ舞い込み、ニミッツはこぶしを握りしめ、大きく〝よし！〟とうなずいたのである。

2

南雲機動部隊がインド洋をわがもの顔で暴れまわっていたころ、二隻の米空母はひたひたと日本の本土へ向け近づいていた。

そして、空母「ホーネット」艦上からB25爆撃機が発進を開始したのは、日本時間で四月一八日・午前八時一八分のことだった。日本軍の哨戒艇「第二三日東丸《にっとうまる》」によって事前に発見されてしまったハルゼー中将は、発進時刻を予定より一〇時間ほど早めて、攻撃を急いだ。

一番機に乗るのはジェイムズ・H・ドーリットル中佐だ。当初の計画より一五〇海里も遠方（東方）から飛び立つことになったが、豪胆なドーリットルはなに喰わぬ顔で、愛機のB25爆撃機を空母から発艦させた。それに続けとばかりに残る一五機も立て続けに「ホーネット」から飛び立ってゆく。パイロットは二ヵ月の猛訓練に耐え抜いた精鋭ぞろいで、発艦をしくじるようなB25は一機もなかった。

ハルゼー中将がドーリットル隊の発進を急いだのは、はたして大正解だった。

日本の陸海軍は「第二三日東丸」から通報を受けて迎撃の態勢を執り始めていたが、米軍艦載機の攻撃半径は二〇〇海里ほどしかないため、敵機が来襲するのは翌〝一九日以降のことになる〟と判断した。

ところが空母から発進したのは、空母艦載機ではなく陸軍の双発爆撃機であり、しかもドーリットル隊のB25はすべて、通常は二六三〇リットルしか積載できない燃料を、五四五〇リットルも積めるように改造されていた。この改造によって二〇〇〇海里の距離を飛行できるようになり、ドーリットル隊はわずか四時間足らずで日本の上空へ進入、一八日の午後零時一五分過ぎには早くも東京へ爆弾を投下したのだった。

しかも、米軍爆撃機はレーダー探知を避けるために低高度で進入して来た。完全に不意を突かれた日本側は空襲警報の発令が遅れ、急かされるようにして飛び立った日本の陸海軍戦闘機はB25を一機も撃墜することができず、その爆撃をむざむざゆるしてしまったのである。

このとき、肝心の南雲機動部隊はちょうどバシー海峡を通過中だった。連合艦隊司令部は南雲中将に対して米空母の追撃を命じたが、台湾南部の海峡から敵を追い掛けたのでは、まるで話にならなかった。

空襲による被害は大したことはなかったが、横須賀工廠で空母に改造中の潜水母艦「大鯨《たいげい》」（のちの空母「龍鳳《りゅうほう》」）が爆弾一発を喰らって右舷に大破孔を生じ、同艦の竣工は四ヵ月ほど後れてしまうことになる。

東京〝空襲〟の悪報に接し、山本五十六大将もさすがに眉をひそめたが、来襲したのが米陸軍の中型爆撃機だと知るや、山本は、作戦参謀の三和《みわ》義勇《よしたけ》大佐に向かってつぶやいた。

「ほう。敵もなかなか思い切ったことをやるではないか……」

　航空が専門の三和は、空母から双発爆撃機を発進させるのが〝いかに困難であるか……〟ということをよく承知しており、山本のつぶやきに応じて言及した。

「どうやらニミッツという男は、ただ者ではなさそうですね……」

　宿敵・太平洋艦隊の司令長官が交代したことは帝国海軍もすでに承知していた。三和に言われて山本はこのとき、〝ニミッツ〟の存在をはじめて意識したのである。

3

本土空襲は凶事にちがいなかったが、敵が攻撃目標から〝呉〟を除外してくれていたことは、連合艦隊にとって不幸中の幸いだった。

　南雲や草鹿が待ち望む「大和」は、横須賀で爆撃を受けた「大鯨」のようにならずに済んだ。呉で改造中の「大和」がもし復旧に四ヵ月も掛かる損害を被っていたとしたら〝次なる大作戦〟に支障が出ていたところだった。

　次なる大作戦とは「MI作戦」のことである。

　連合艦隊司令部は六月初旬にミッドウェイ島を占領、同島をハワイ攻略の前哨基地にしようと計画しており、戦艦「大和」はその中心戦力として欠かせなかった。

戦艦「大和」をいよいよ南雲機動部隊の旗艦にし、「MI作戦」時に味方空母群の統制を図ろうというのだが、「大和」既設の対空見張り用レーダーは探知能力が充分でなく、一旦、同艦を実戦配備から外してレーダーの性能向上を図る必要があった。そのため「大和」は現在呉で改造工事を受けていたのである。

レーダーの性能向上は簡単なことではなかったが、そのための方策はあった。

日本軍は首尾よくフィリピン、シンガポールの占領に成功し、占領地に在った米英のレーダーをきっちり押収していた。また捕虜への尋問などでレーダーに関する情報を集め、帝国陸海軍もようやく、本格的なレーダーの開発には「八木・宇田アンテナ」の〝採用が欠かせない〟という認識を持つにいたっていた。

こうした認識のもと、海軍技術研究所によって新たに開発されたのが「一号三型」電探（レーダー）だった。

この「一号三型」電探は、本来は陸上基地で使用するために開発されたレーダーだったが、八木アンテナの採用によって、重量を大幅に軽減することができ、性能もかなり優れていたため、駆逐艦などもふくめて帝国海軍のほぼすべての艦艇に装備されてゆくことになる。

戦艦「大和」既設の「一号二型改」は重量が二・八トンもあったのに対して、「一号三型」の重量はわずか一一〇キログラムであり、分解すれば人力で運搬することもできる。

航空機に対して有利な波長二メートルの電波を用い、出力一〇キロワット、測定は最大感度法を採って軽量化を実現した。

肝心の探知能力は、艦攻単機で五〇キロメートル、三機編隊で一〇〇キロメートルとされていたが、設置場所や対象機数が多いなど、種々の条件が良ければ、実際には一五〇キロメートル以上の探知も可能であった。

この「一号三型」電探は昭和一七年春の時点でいまだ試作の段階にあったが、ハワイ作戦での成功により、レーダーの必要性を完全に認めた海軍省が追加予算措置を講じ、開発がとんとん拍子ですすむことになる。

そして技研の矢波正夫《やなみまさお》技師は、これをまず「大和」で試してみることにした。

当初は「大和」三脚マストの中程に設置しようという案も出されたが、矢波技師はこの「一号三型」も艦橋頂部へ設置し、「一号二型改」と複合的に組み合わせて性能向上を図ることにした。

既設の「一号二型改」はようやく性能が安定し始め、問題となっていた受信機もさらなる改良が見込まれたので、矢波技師は複合型電探の開発に踏み切ったのだ。技研の三鷹分室で鉱石の検波特性を調べていた菊池正士《きくちせいし》技師のチームが、受信用の鉱石検波器に黄鉄鉱を利用することで〝性能が安定し、感度も良くなる〟と付き止めていたことが受信機の改良に大きく貢献した。

そのおかげで開発は順調にすすみ、矢波技師は複合型電探「二号三型改」の「大和」測距儀上への取り付け工事を四月一六日に完了。満を持して四月一九日にテストを実施したところ、この新型レーダーは、艦攻単機で九〇キロメートル、三機編隊の場合はじつに一八〇キロメートルの探知能力を発揮してみせた。海里法に換算すると一八〇キロメートルは約九七海里である。

つまり敵攻撃隊が時速一六〇ノットで接近して来たとすると、この「二号三型改」電探を測距儀上に装備する戦艦「大和」は、敵攻撃隊の接近をおよそ三六分前に探知して、味方空母群へ警報を発することができるのであった。

周知のとおり、レーダーの取り付け工事は四月一六日に完了していたので、Ｂ25爆撃機が呉に来襲していたとしたら、巨大な「大和」は真っ先に狙われていた可能性があった。

4

八木アンテナや鉱石検波器の採用で、新型レーダーの開発が軌道に乗り始めると、その有用性を認めた軍令部は、艦船へのレーダー搭載に関して新たな方針を打ち出した。

今後、戦艦には優先的に「対空見張り用レーダー」を搭載し、空母には優先的に「対空射撃用レーダー」を搭載してゆこうというのである。

つまり、見張り用レーダーによる敵機の探知は随伴する護衛役の戦艦に任せてしまい、空母自体は射撃用レーダーを搭載して、来襲した敵機の撃墜に専念させようというのだ。

これは、戦艦同士の艦隊決戦にながらく固執していた軍令部が戦艦を空母の護衛役に格下げすることを暗に認めた転換点でもあった。

マイクロ波を用いる射撃用レーダーの開発には強力なマグネトロンが必要だが、伊藤庸二造兵中佐が軍事視察（ドイツ）から持ち帰った「ウルツブルグレーダー」に関する技術を参考とし、マグネトロンを強化すれば、射撃レーダーの〝開発が可能になる〟と軍令部は期待したのだった。

しかし技研がいくら優秀なレーダーを開発したとしても、その運用がずさんであれば、まったく意味を成さない。

インド洋作戦から帰還後、新型レーダーへの換装工事を終えたばかりの、「大和」の異様な変貌ぶりを眼にして、山口多聞はいよいよ〝その時機が来た！〟とみて取り、山本五十六のもとをおとずれ進言した。

「これからは通信参謀とは別に、艦隊司令部内にぜひとも〝情報参謀〟を設けるべきです」

インド洋作戦から帰投中に山口が思い付いていた〝ある考え〟とは、じつはこのことだった。

情報参謀というおよそ聞きなれない言葉に山本も興味をひかれたが、それを〝設けよう〟という山口の趣旨がいまひとつはっきりせず、山本はその点を確認した。

「ほう、情報参謀か……。だが、具体的になにをやらせる？」

山口はこれに即答した。

「普段は通信参謀と連携して敵情を探ることになりますが、一旦、作戦に入りますと、通信参謀は他艦や他部隊との連絡、さらに飛行隊との連絡や敵信の傍受など、種々雑多な通信を処理するのに忙殺されます。戦闘のさなかにそれらが一気に集中しますと、処理に追われているあいだに戦機を逸するということも大いにありえます。そこで新たに〝情報参謀〟職を設けて、レーダーの監視や敵信傍受をそちらにまかせてしまい、通信参謀の負担を減らしてやろうと思うのです」

戦争に突入すると通信量が一気に増え、たしかに通信参謀はその処理に忙殺されていた。その増え方たるや戦前の予想をはるかに越えていた。

「いや……、『翔鶴』は、じつに危ないところでした」

山口はつぶやくようにして最後にそう言及したが、すでに山本も、山口司令部から提出されていた「戦闘詳報」に目を通し、インド洋作戦中に空母「翔鶴」が不意の爆撃を受けた、という事実を把握していた。

――ははあ……、これは要するにレーダー情報の不達を問題にしているのだな……。専門の情報参謀を置いておけば、たしかにレーダー情報は上の者へ確実に伝わるだろう。

山本はそう思い、すぐにピンときたが、山本がなにか言おうとする前に、ちょうどそこに居合わせていた連合艦隊参謀長の宇垣纏《うがきまとめ》少将が、横合いから要らぬ口を出した。

「敵機は低空で飛んで来たのではないか……。だとすれば、レーダーにそもそも反応がなかったのかもしれない。現に米軍爆撃機は低高度で本土上空へ進入し、われわれのレーダー監視をかいくぐって来たではないか」

宇垣と山口は海兵同期だ。宇垣の言にも一理ありそうだったが、山口は目くじらを立て、これに喰って掛かった。

「貴様はまだそんなことを言っとるのか！　ブレニム（英爆撃機）は、わが艦隊を探し出すために低空飛行ができなかったのだ。もしブレニムが低空飛行でやって来て、それでも『翔鶴』の真上にドンピシャたどり着いたとすれば、神武《じんむ》が八咫烏《やたがらす》に導かれたほどの神業！　そんなものは神話の世界でしか起こりえないたわごとだ！　地上の固定目標物をめざして飛んで来た米軍爆撃機とは、まるでわけがちがう！」

いうまでもなく、南雲機動部隊は洋上を自在に走りまわることができる。ブレニム爆撃機はまずこれを探し出す必要があり、洋上を見渡すために一定以上の高度（通常三〇〇〇メートル程度）を確保して飛び続けるしかなかった。

いっぽう、地上の都市〝東京〟が移動するはずもなく、B25爆撃機は計器に従い、ひたすら東京をめざして飛ぶことができたので、低空飛行が可能だったのである。

山口のものすごい剣幕に、宇垣はまったく、ぐうの音も出なかった。

山本は〝……やれやれ〟と息を吐き、話をもとにもどした。たしかに戦争に突入するや、通信の量はうなぎのぼりに増えていた。

「情報参謀を設けるとして、きみの言う〝艦隊司令部〟とは連合艦隊のことかね？」

「はい。連合艦隊司令部にも情報参謀は必要でしょう。……ですが、まずは機動部隊司令部にこそ必要だと考えます」

山本はこれにうなずくと、おもむろにつぶやき返した。

「ああ。『武蔵《むさし》』が竣工するまで連合艦隊旗艦はこのままでガマンするしかないが、『長門《ながと》』はもはや手狭で、これ以上、参謀を増やすのは暑苦しくてかなわん……」

大和型二番艦は昭和一五年一一月一日に進水式を終えており、すでに戦艦「武蔵」と命名されていた。戦艦「武蔵」は昭和一七年八月には竣工する予定なので、あと三ヵ月余りは「長門」を連合艦隊の旗艦にしておく必要がある。レーダーの換装を終えた「大和」は五月一日付けで南雲機動部隊の旗艦となることがすでに決まっていた。

「連合艦隊に情報参謀を設けるのは、八月以降でよかろう……。それより機動部隊だ。せっかくのレーダーが宝の持ち腐れになってはかなわんのでな……」

山本がさらにそうつぶやくと、山口はいつになく目をほそめて言った。

「もしかすると、真珠湾はすでに復旧されているかもしれません。だとすれば、今後、われわれはよりいっそうふんどしを締めてかからねばならないでしょう」

日本近海に米空母が現れたのだ。これはまぎれもない事実なので、山本もそのことはうすうす感じていた。

――たしかにこの男の言うとおりだ……。あれだけ徹底的に破壊したのに、米軍は早くも真珠湾を復旧してきたか……。

本土を空襲して来た米空母二隻が真珠湾から出撃して来たのかどうかは定かでない。それはまったくわからないが、今後、連合艦隊が作戦を実行するに当たり、もはや真珠湾は〝復旧されているもの〟と考えておいたほうが、およそまちがいはなかった。

「米空母は三隻、いや、多ければ四隻は作戦可能とみます。日付変更線を超える次の作戦（ＭＩ作戦）は決してあなどれません」

山口がそう言及すると、これには山本も大きくうなずいてみせた。真珠湾がすでに復旧されているとすれば、南雲機動部隊は、米軍機動部隊とミッドウェイ基地航空隊の両方を相手にして、戦うことになるかもしれない。

「よし、わかった。情報参謀の件は、早急に人事局とも相談してみる」

山本が最後にそう約束すると、山口は大きくうなずいたのである。

それは東京が空襲を受けてから、ちょうど一週間後、四月二五日のことだった。

第四章　「サラトガ」VS「加賀」

1

真珠湾を徹底的に破壊した日本軍にとって東京空襲はまさに寝耳に水の出来事だった。

内地では、もうすぐ〝戦争が終わるのじゃないか……〟と軽口をたたくような者もいたが、完全に冷や水を浴びせられたような格好だ。情勢はすでに変わりつつあったが、「MO作戦」はもはや動き始めていた。

インド洋作戦から帰投中、南雲機動部隊は第三航空戦隊の空母三隻「加賀」「瑞鳳」「祥鳳」を台湾で分離し、これら三空母は原忠一少将に率いられてトラック基地へ急いでいた。

四月二五日。原少将の率いる空母三隻が入港すると、トラックでは高木武雄《たかぎたけお》少将の将旗を掲げる戦艦「霧島《きりしま》」がその到着を待っていた。

高木少将は五月一日付けで中将へ昇進することが決まっており、「霧島」の艦橋頂部には「一号二型改」電探が取り付けられている。

金剛型戦艦四隻のなかで「霧島」は唯一、「セイロン島空襲作戦」に参加しておらず、内地で対空見張り用レーダーを設置するための改造工事を受けていた。インド洋作戦時に南雲忠一中将の旗艦・戦艦「比叡」が装備していたのとまったく同じレーダーである。

第四艦隊司令長官　井上成美《いのうえしげよし》中将
（井上中将は「南洋部隊」指揮官を兼務）
【MO機動部隊】
・本隊　指揮官　高木武雄中将
第五戦隊　司令官　高木中将直率
戦艦「霧島」重巡「妙高《みょうこう》」「羽黒《はぐろ》」
付属駆逐艦二隻
・空襲部隊　指揮官　原忠一少将
第三航空戦隊　司令官　原少将直率
空母「加賀」　搭載機数・計七二機
（零戦二七、艦爆二七、艦攻一八）
軽空「瑞鳳」　搭載機数・計二七機
（零戦一八、艦攻九）
軽空「祥鳳」　搭載機数・計二七機
（零戦一八、艦攻九）

付属駆逐艦四隻
【MO攻略部隊】
・本隊　指揮官　五藤存知《ごとうありとも》少将
第六戦隊　司令官　五藤少将直率
重巡「青葉《あおば》」「衣笠《きぬがさ》」「古鷹《ふるたか》」「加古《かこ》」
第六水雷戦隊　司令官　梶岡定道《かじおかさだみち》少将
軽巡「夕張《ゆうばり》」駆逐艦六隻
付属・敷設艦「常盤《ときわ》」
・支援部隊　指揮官　丸茂邦則《まるもくにのり》少将
第一八戦隊　司令官　丸茂少将直率
軽巡「天龍《てんりゅう》」「龍田《たつた》」
・ツラギ攻略部隊　指揮官　志摩清英《しまきよひで》少将
第一九戦隊　司令官　志摩少将直率
敷設艦「沖島《おきのしま》」「津軽《つがる》」
付属駆逐艦二隻

井上中将の南洋部隊は陸軍と協力し、ニューギニア東岸のラエ、サラモアを、三月八日に無血占領していた。

次にめざすのがポートモレスビー、ツラギなどの攻略だ。これらを占領すれば、ラバウルの前哨基地にできるし、フィジー、サモア攻略の足掛かりにもなる。

南洋部隊指揮官・兼第四艦隊司令長官の井上成美中将は、四月二三日、麾下《きか》部隊に対して「MO作戦」を発動。五月三日にツラギ攻略、五月一〇日にポートモレスビー攻略、ナウル、オーシャンを五月一五日に攻略すると決定した。

本作戦の海軍部隊は「MO機動部隊」と「MO攻略部隊」に区分され、第五戦隊および第三航空戦隊で空母機動部隊を編成、高木武雄中将が海上部隊の統一指揮を執る。

MO機動部隊は五月一日にトラックを出撃、ソロモン諸島に沿って南下しつつ、まずはツラギ攻略部隊を支援する。そして五月五日にはソロモン諸島の東側をまわってサンゴ海へ入り、MO攻略部隊の本隊（ポートモレスビー攻略）を支援することになっていた。

いっぽうMO攻略部隊は五月四日にラバウルから出撃、陸軍・南海支隊を乗せた船団を護衛しながらソロモン諸島の西側を南下し、機動部隊の支援を得てポートモレスビーを攻略することになっていた。

五月三日。この日は月の明るい夜が続き、海軍陸戦隊によるツラギ攻略は、敵の抵抗をまったく受けることなく成功した。三日・午後には水上機基地が設営されて、九七式飛行艇三機がさっそく同基地へ進出した。

報告を受けた井上長官は、四日・正午をもってツラギ攻略部隊の編成を解いたが、じつはトラックから出撃したMO機動部隊は、ラバウルへの空輸を依頼されていた零戦が悪天候の所為で発進に手間取り、ソロモン諸島東方海域への進出が後れてしまっていた。

悪天候だけはどうしようもなかったが、米軍はこの機を決して逃さなかった。日本軍機動部隊の後れを突いてチェスター・W・ニミッツ大将の差し向けた〝刺客〟は、容赦なくツラギへ襲い掛かろうとしていたのである。

2

戦力で劣るニミッツが頼るべきはもはや暗号解読情報しかなかった。

南雲機動部隊の留守を突いて「ドーリットル東京空襲」にまんまと成功したニミッツ大将は、情報参謀のレイトン大佐が「日本軍の次なる目標はポートモレスビーです！」と告げるや、躊躇《ちゅうちょ》なく決断した。

——よし、南太平洋へわが空母を派遣し、敵の攻撃をなにがなんでも阻止してやる！

とはいえ、空母「ホーネット」と「ヨークタウン」は東京空襲から帰投中であり、四月二〇日の時点でニミッツの使える空母は「サラトガ」わずか一隻しかなかった。

パール・ハーバーはいまだ完全には復旧していなかったが、ニミッツは空母「サラトガ」をすでにパール・ハーバーへ移動させており、「ホーネット」「ヨークタウン」の受け入れ態勢をととのえていた。

また、太平洋への回航が決まっていた空母「ワスプ」は、すでにパナマ運河を通過しており、四月二八日にはパール・ハーバーへ入港する予定となっていた。

そして五月はじめには、パール・ハーバーの復旧も完了して、空母四隻がそろい踏みとなる予定であったが、そこへ〝日本軍のポートモレスビー攻略〟情報が舞い込んできたのだった。

ニミッツはまず「サラトガ」の南太平洋派遣を決断し、その上でレイトンに問いただした。

「敵はいつ、攻撃を開始する⁉」

「正確にはわかりませんが、日本軍機動部隊は五月五日ごろにポートモレスビーを空襲して来ると思われます！」

レイトンもさすがに日本軍の〝ツラギ攻略〟は見逃していた。

空母「サラトガ」を南太平洋へ進出させるにはおよそ二週間ほど掛かるが、日本軍の攻撃開始日が五月五日なら、「サラトガ」の救援はどうにか間に合いそうだった。

ニミッツはレイトンの答えに勢いよくうなずくと、さらに質問をかさねた。

「敵空母は何隻かわかるか？」

これにはレイトンははっきりと答えた。

「三隻です。空母『カガ』と補助空母二隻にちがいありません！」

するとニミッツは目をほそめ、レイトンに言うともなくつぶやいた。

「三隻か……。『サラトガ』だけではもの足りんな……」

そしてニミッツはただちに通信参謀を呼び、至急「ワスプ」と連絡を取るように命じた。

すでにパナマ運河を通過していた「ワスプ」をパール・ハーバーへ寄港させることなく、南太平洋へ直接、向かわせようというのだが、これこそニミッツ執念の采配だった。

空母「ワスプ」のサンゴ海への到着はいくら急いだとしても「サラトガ」よりたっぷり三日ほど後れることになる。一日ぐらいならまだしも三日の後れは大きい。並みの指揮官なら端からあきらめてしまうところだが、不屈の闘志をもつニミッツは〝最後までなにが起きるかわからん!〟とみずからを叱咤。空母「ワスプ」もまたサンゴ海をめざし、急ぐことになった。

先着した空母「サラトガ」の艦載機が、日本軍の占領まもないツラギを急襲したのは五月五日・早朝のことだった。

空母「サラトガ」に将旗を掲げるのは第一七任務部隊指揮官のフランク・J・フレッチャー少将だ。フレッチャーのすばやい判断は時機を逃さず見事だった。

ニミッツ大将の意を汲むフレッチャーは〝日本軍、ツラギ上陸!〟の一報を聞くや、洋上給油を一時中断して急遽エスピリトゥ・サント島方面から北上、ツラギに対して四次にわたる航空攻撃を敢行した。

上陸後まもない日本軍は米軍艦載機の急襲に為すすべもなく、たちまち駆逐艦「菊月《きくづき》」と掃海艇三隻を失った。フレッチャー少将の挙げた戦果はそれだけにとどまらず、帝国海軍はほかにも敷設艦「沖島」と駆逐艦「夕月《ゆうづき》」が中破に近い損害を受け、「MO作戦」にいきなりケチを付けられた格好となった。

ツラギ急襲の報に驚いた井上中将は、戦艦「霧島」座乗の高木武雄中将に対して至急、索敵を実施するように命じたが、そのときMO機動部隊はいまだツラギの北西・約三五〇海里の洋上にいたため、この日（五日）はついに米空母を発見することができなかった。

また、三日・午後にツラギへ進出していた三機の九七式飛行艇は、五日・早朝からぬかりなく哨戒飛行を実施していたが、機数が少なく哨戒線が東方へ寄りすぎていたため、空母「サラトガ」を発見することができなかった。

夕闇がせまると、フレッチャーは部隊を安全海域（南）へ一旦下げ、油槽船「ネオショー」から給油を受けた。

——相当ハデに暴れたので、明日は必ず日本の空母が出て来るだろう……。

五月六日・早朝。フレッチャー少将が空母「サラトガ」艦上から索敵機を発進させたころ、日本のMO機動部隊はすでにサンゴ海へまわり込んでツラギの西方・約二〇〇海里の洋上に在り、MO攻略部隊はニューギニア島東端沖のジョマード水道をめざしてソロモン諸島の西方洋上を南下していた。

日米両軍指揮官ともこの日は会敵を予想していたが、艦載機の足の短さがわざわいしてフレッチャー少将は日本の空母を発見できず、原少将もまた味方飛行艇に頼りすぎて艦攻を出し惜しみしたため、米空母の発見に失敗していた。ツラギ発進の九七式飛行艇が一旦は「サラトガ」を発見したが、味方部隊の被発見を恐れた原少将が〝艦攻を索敵に出すのはもったいない〟と欲張り、それが結果的に大失敗だった。

そして、この索敵失敗が後々まで尾をひいてしまい、機動部隊同士の戦いはその後も紆余曲折することになる。

五月七日・早朝。索敵で先手を取ったのはまたもや日本側だったが、〝空母を発見した〟というその報告は完全に誤報で、攻撃隊が敵上空へ達してみると、それは米軍機動部隊の本隊から後れて航行していた油槽船「ネオショー」と駆逐艦「シムス」であった。

報告を受け、空母「加賀」の艦橋はいっぺんに落胆の空気につつまれたが、出撃させた攻撃隊をただで呼び戻すわけにもいかず、日本軍攻撃隊はこの米艦艇二隻を血祭りに挙げて、海上から完全に葬り去った。

「最大の目的は日本軍のポートモレスビー攻略を阻止することだ！」

ニミッツ大将からそう言い渡されていたフレッチャー少将は、この日、空母「サラトガ」をサンゴ海のかなり西方に位置させていた。

そのためフレッチャーの出した索敵機は、MO機動部隊を発見できなかったが、きっちりとMO攻略部隊のほうを発見して猛攻を加え、軽巡「龍田」を撃沈、重巡「青葉」「加古」にも中破の損害をあたえた。

作戦前。井上中将は、連合艦隊司令部に対して攻略部隊の護衛用として〝特設空母「春日丸《かすがまる》」でもよいから派遣してもらいたい〟と申し出ていたが、このとき「春日丸」はマーシャル諸島内の各基地へ零戦や人員を輸送するのにいそがしく、連合艦隊司令部はこの申し出を拒否していた。

南洋部隊はその代償として「龍田」を失い、重巡二隻もかなりの痛手を被ってしまった。

真珠湾を徹底的に破壊したので、作戦の計画段階で連合艦隊司令部のだれもが〝米空母は出て来るはずがない〟と決めつけていたことがそもそもの誤りだった。しかも、東京が空襲を受けたのはMO作戦を計画したあとのことだった。

攻略部隊指揮官の五藤存知少将があらかじめ船団に退避を命じていたため、上陸部隊を乗せた輸送船は幸い空襲を受けずに済んだ。けれども、五藤少将の旗艦「青葉」が損傷してしまい、事態を憂慮した井上中将は、攻略部隊に一時進撃中止を命じ、MO攻略部隊はまもなく北方へ退避したのである。

いっぽう、MO機動部隊は急ぎ西進し、午後遅くになってから攻撃隊を出したが、攻撃距離が遠すぎて、空母「サラトガ」を捉えることはついにできなかった。

3

これまでの戦いはいわば前哨戦で、空母機動部隊同士の本格的な戦いが生起したのは五月八日のことだった。

フレッチャー少将は前日に日本軍攻略部隊が北方へ退避したことを知っていたが、日本軍は〝ポートモレスビーの占領を決してあきらめたわけではない〟と的確に判断していた。日本軍機動部隊は依然としてサンゴ海にとどまっていたし、日本の上陸船団にそれらしい損害をあたえたわけでもなかったからである。

――空母が健在である限り、日本軍が作戦を中止するようなことはないだろう……。おそらく敵船団は再びサンゴ海へ進入して来る！

とはいえ、空母の数は一対三で、完全な劣勢に立たされている。しかも昨日までの攻撃で、「サラトガ」は少なからず艦載機を消耗していた。使用可能な兵力は六〇機にも満たない。

対する日本軍機動部隊は〝一二〇機以上の艦載機を保有しているのではないか〟と推測されるので、肝心の航空兵力は〝敵の半数以下〟と覚悟しておく必要があった。

攻撃を続行したいのは山々だが、さしものフレッチャーもこれでは到底、勝ち目がないと判断していたにちがいない。ところが、ニミッツ大将の並々ならぬ執念が、じつはそんなフレッチャーの背中を強力に押していた。

南太平洋をめざしていたもう一隻の空母「ワスプ」が、後ればせながらサンゴ海に到着していたのである。

空母「サラトガ」と「ワスプ」は夜が明ける直前に合同することができ、空母「ワスプ」を旗艦とする第一一任務部隊は解隊、洋上であらためて第一七任務部隊を編成していた。

【第一七任務部隊】Ｆ・Ｊ・フレッチャー少将

・空母群／指揮官　Ｏ・Ｗ・フィッチ少将

空母「サラトガ」　搭載機数・計五八機

（艦戦一九、艦爆二九、艦攻一〇）

空母「ワスプ」　搭載機数・計六九機

（艦戦二八、艦爆三六、艦攻五）

付属・駆逐艦四隻

・攻撃群／指揮官　Ｔ・Ｃ・キンケイド少将

重巡「ミネアポリス」「ニューオリンズ」

「ヴィンセンス」「チェスター」

「ポートランド」

付属・駆逐艦五隻
・支援隊／指揮官（英）J・G・クレース少将
重巡「オーストラリア」「ルイスヴィル」
軽巡「ホバート」
付属・駆逐艦二隻
・（補給隊）油槽船一隻、駆逐艦一隻
・（偵察隊）水上機母艦「タンジール」
（PBY飛行艇×一〇機）

後れてサンゴ海に到着した空母「ワスプ」にはパイロットの資格を持つオーブリー・W・フィッチ少将が座乗しているが、部隊全体の指揮は「サラトガ」艦上のフレッチャー少将が執る。そして万一、砲撃戦が生起した場合には、重巡五隻を率いるトーマス・C・キンケイド少将が統一指揮を執ることになっていた。

空母「ワスプ」を指揮下に加えて、フレッチャーは〝よし！〟と大きくうなずき、自信たっぷり胸をふくらませていた。

それもそのはず。フレッチャー少将の指揮下に在る航空兵力は、今や、F4Fワイルドキャット戦闘機四七機、SBDドーントレス急降下爆撃機六五機、TBDデヴァステイター雷撃機一五機の計一二七機となっていた。

——兵力は充分だ。これで存分に戦える！

フレッチャーが自信を深めるのは当然で、母艦航空隊の兵力は「ワスプ」一隻の加入で日本側と完全に拮抗していた。

が、懸念もある。デヴァステイター雷撃機の航続距離が短いことだ。その弱点を克服するためにフレッチャーは合同直後から北上を命じ、日本軍機動部隊との距離をぐんぐん縮めて行った。

昭和一七年（一九四二年）五月八日・午前六時二二分。日米両軍の放った索敵機は奇しくもほぼ同時に敵機動部隊を発見した。

　フレッチャー少将はもとより、原少将も米軍機動部隊との対決をもはや覚悟しており、両提督は敵空母群を発見するや、艦上に待機させてあった攻撃隊に対して即座に発進を命じた。

　合同後ただちに北上を命じたフレッチャーの采配は見事に的中し、彼我の距離は一六〇海里ほどとなっている。索敵に出したドーントレスは、デヴァステイターの攻撃圏内（一七五海里圏内）にまんまと敵空母群を捉えた。

　――よし、距離はドンピシャだ！

　すでにフィッチ少将も「ワスプ」の艦上へ攻撃機をずらりと並べている。

　それを見すえながらフレッチャーが満を持して攻撃命令を発すると、空母「サラトガ」から三九機、空母「ワスプ」艦上からも四〇機の攻撃機が飛び立った。

　第一次攻撃隊の兵力は、ワイルドキャット一五機、ドーントレス四九機、デヴァステイター一五機の総勢七九機だ。

　ドーントレス一六機を索敵に出したため、これが今出せる兵力のすべてだが、日本軍機動部隊も必ず攻撃を仕掛けて来る。そのためフレッチャー少将は手元に三二機のワイルドキャットを残しておいた。

　いっぽう、原少将もほぼ時を同じくして攻撃隊に発進を命じていた。

　その兵力は零戦二七機、艦爆二二機、艦攻二〇機のあわせて六九機。

前日までの戦いで艦爆五機と艦攻七機を失っていた原少将は、本隊の重巡二隻や戦艦「霧島」発進の水偵とは別に、空母「加賀」の艦攻九機をまず索敵に出し、艦隊防空用として手元に三六機の零戦を残しておいた。

それにしても原は、索敵機からの報告を聞いて驚かざるをえなかった。

――な、なんだとっ⁉　米空母は二隻もいるのか……。まったく信じられん！

原少将ばかりでなく三航戦幕僚のだれもが報告を聞いて驚いたが、報告を入れてきたのは緒戦の真珠湾攻撃以来、機動部隊の作戦にずっと参加し続けてきた菅野《かんの》（兼蔵《けんぞう》）機だ。偵察員は菅野飛曹長自身が務めているので、米空母が〝二隻〟というのはまずまちがいがなかった。

「菅野が空母を見誤るとは思えません！」

航空参謀の三重野武《みえのたけし》少佐がそう主張すると、原少将をはじめ「加賀」の艦橋にいる者全員がこれにうなずくほかなかった。

が、それにしても、敵空母が二隻も現れたというのはまったく予想外の出来事だった。東京を空襲して来た二隻がサンゴ海へ現れたとは到底、考えられない。そのようなことは物理的に不可能にちがいなかった。

だとすれば、太平洋で行動している米空母は全部で四隻も存在することになり、東京を空襲したのとは別の二隻が、今、サンゴ海へ現れたということになる。

みなが首をかしげるなか、菅野機がぬかりなく第二報を入れてきた。

『一隻はサラトガ型、確実なり。もう一隻はワスプ型らしき米空母と思われる！』

もはや疑いなかった。航空参謀の三重野がすかさず原少将に進言する。

「東京を空襲した二隻は『ヨークタウン』と『ホーネット』で、こちらに出現した二隻は『サラトガ』と『ワスプ』にちがいありません！　大西洋にはおそらく『レンジャー』一隻しか残されておらず、米海軍は空母五隻のうちの四隻を太平洋に集中してきたのです！」

しかも、真珠湾はすでに復旧されているのにちがいなかった。そうでないと、こうして太平洋の北にも南にも自在に空母を繰り出すのは、いくら米海軍でも不可能なはずだった。

完全に意表を突かれてしまい、原は三重野の進言に黙してうなずくしかなかった。だが、兵力はほぼ対等だ。そう思いなおすや原少将もまた、攻撃隊に発進を命じたのである。

4

日米両軍が攻撃隊を発進させたのはほぼ同じころだったが、攻撃を開始したのは米軍のほうがわずかに早かった。

午前八時一二分。戦艦「霧島」のレーダーが米軍攻撃隊の接近を捉えるや、直掩隊の零戦三六機はすぐさま迎撃に飛び立った。

この日は雲がかなり多く視界は決してよくなかったが、レーダーに誘導された三六機の零戦は自軍艦隊の手前・約二五海里の上空で米軍攻撃隊を迎え撃った。

来襲した米軍攻撃機の数は零戦のかるく二倍はいたが、現時点での零戦は無敵で、たちまち多くの敵機を空戦にまき込んだ。

とくに魚雷を抱いて小回りの利かないデヴァステイター雷撃機は零戦に喰いつかれるとひとたまりもなかった。零戦はデヴァステイターの周囲をぐるぐる回れるほどで、米軍雷撃隊はめざす空母群の上空へたどり着く前にそのほとんどを撃墜され、かろうじて撃墜をまぬがれた数機もまもなく退散して行った。

しかし、零戦に息を吐いているようなひまはない。残るは敵急降下爆撃機だが、こちらは数が多い上になかなか落とし難く、搭乗員の技量もたしかだった。空戦時間は二〇分以上に及んだが、さしもの零戦も敵機の進入をすべて阻止することはできず、敵爆撃機およそ二〇機の進入をゆるしてしまった。

だが、日本側はまだ付いていた。そのときちょうど雨が降り始めたのだ。

先行していた二隻の軽空母「祥鳳」「瑞鳳」は米軍爆撃機が進入して来る直前にまんまとスコールのなかへ逃げ込んだ。

そのため米軍爆撃隊の攻撃はおのずと空母「加賀」に集中した。米軍パイロットも「加賀」の艦影は写真などで見なれてよく知っている。眼下の大型空母は第一等の獲物にちがいなかった。

およそ二〇機のドーントレスが「加賀」へ殺到し、次々と急降下を開始する。

狙われた「加賀」は、速力二八ノットで疾走しつつ、大きな弧をえがきながら左旋回で爆撃をかわそうとした。

近くに陣取る戦艦「霧島」や妙高型重巡二隻もどうにかして〝「加賀」を救おう〟と対空砲をぶっ放し、しゃかりきとなって弾幕を展張した。

いや、それだけではない。

零戦も味方の弾幕をいとわず突入し、ドーントレスに横なぐりの攻撃を仕掛ける。さらにはサラトガ隊のドーントレスおよそ一〇機があとから艦隊上空へ迫ってきたが、「霧島」のレーダーがそれをきっちり捉え、別の零戦数機がそれら敵一〇機の進入を猛然と阻止した。

零戦に妨害されながらの爆撃だ。折りからの雨模様で視界の悪さも手伝い、急降下で必中を狙うドーントレスも思うように爆弾を命中させることができない。

疾走する「加賀」はすでに一〇発以上の爆弾をかわしていた。残る敵爆撃機は一〇機足らずとなっている。

「艦長！　あと、もうひと息だ！」

懸命の回避操作で、「加賀」の巨体がいよいよ傾斜を深める。

原少将は大きな体を持て余しながらも声を張り上げ、艦長の岡田次作《おかだじさく》大佐を激励した。それに背中で応えて岡田艦長はさらに数発の爆弾をかわしてみせた。

残る敵爆撃機は五機ほどだ。

――よし！　この分なら全部かわせるかもしれない！

対空射撃でさらにもう一機を撃墜し、艦橋ではいよいよ危機脱出の期待が高まった。

しかしその直後、ひときわするどい角度で降下して来た一機のドーントレスが眼に入り、三重野航空参謀が突如として声を上げた。

「あっ、危ない！　伏せろ！」

三重野の悪い予感は的中した。「ワスプ」から発進したそのドーントレスは、ついに「加賀」の飛行甲板中央へ爆弾をねじ込んだ。

命中したのは破壊力の大きい一〇〇〇ポンド爆弾だ。「加賀」の飛行甲板はめちゃくちゃに破壊され、格納庫は俄然火の海と化している。

わずか一発の爆弾だが、「加賀」が戦闘力を奪われたのは、もはやだれの目に見てもあきらかだった。原少将も口をあんぐりと開け、被弾直後の飛行甲板を見降ろしている。

岡田艦長は声を張り上げ、すでに消火を命じていた。

原少将が見たところ、火の勢いはおさまりつつあるようだった。

しかし副長が「鎮火の兆しあり！」と報告するやいなや、不運な「加賀」は飛行甲板前部へさらにもう一発の爆弾を喰らった。最初の命中で「加賀」の速度は五ノットほど低下しており、艦の動きが鈍くなっていたのだ。

そのわずかなすきを突いて、二発目の爆弾を命中させたのも「ワスプ」から発進したドーントレスだった。

命中したのはまたもや威力の大きい一〇〇〇ポンド爆弾だ。こちらは艦の重要部には被害をあたえなかったが「加賀」の飛行甲板は前から半分ほどが完全に大破してしまい、これで戦闘機の発進も絶望的となった。飛行甲板の後ろ半分は生きているが、着艦できるかどうかもあやしい。

しかし、とにかく今は、火を消し止めることが先決だった。

なんとか落ち着きを取りもどした原少将は、急いで上空を見まわしたが、敵機はすべて上空から飛び去っている。肝心の「加賀」はどうにか自力で航行しており、最悪の事態だけは避けられそうだった。

「火はあと一〇分ほどで消し止めます！　本艦は二二ノットでの航行が可能で、攻撃隊も収容できそうですが、これまでのように迅速な収容作業は不可能となりました。……帰投機を確実に格納庫へ下ろしてからでないと、次の機を着艦させられないような状況です」

岡田艦長がそう報告すると、原はこれに力なくうなずくほかなかった。

原少将の脳裏には一瞬〝『加賀』を戦場から離脱させようか……〟との考えがよぎったが、それはとっさに思いとどまった。

残る二隻の軽空母で出した攻撃機をすべて収容できるかどうか判らないからである。艦隊直衛の零戦は八機を失い二八機となっていたが、被爆直後の「加賀」に着艦させるのはどう考えても危険で、二隻の軽空母で収容する必要がある。

祥鳳型軽空母はそれぞれ三〇機程度しか艦載機を収容できないので、「加賀」を拙速に戦場から離脱させることはできなかった。

原は、主力空母の「加賀」が傷付くと〝戦力がガタ落ちになる〟という、第三航空戦隊の弱点をあらためて思い知らされた。

そして、「MO作戦」の継続が可能かどうかは自身の出した攻撃隊が〝いかに少ない損害機数で大きな戦果を挙げてくれるか……〟ということに掛かっていた。

口に出してこそ言わないが、原は、五月六日の索敵不足をあらためて悔いていた。

――あのときはまだ米空母はたしかに一隻だけだった……。

原忠一は祈るような思いで、味方攻撃隊からの吉報を待ち望んでいた。

5

　日の丸を背負って飛ぶ搭乗員の大多数がそうだが、とくに菅野兼蔵はすでに死を覚悟していた。

　菅野機の任務は索敵だから、二隻の米空母を発見した時点で菅野飛曹長はもはやその任務を立派に果たしていた。けれども〝米空母を撃破しなければ意味がない！〟とみずからに誓う菅野は、愛機に同乗する、操縦員の後藤継男《ごとうつぐお》一等飛曹と、電信員の岸田清次郎《きしだせいじろう》一等飛曹に対して、まず了解をもとめた。

「おれに命をあずけてくれんか？」

　菅野機は一時間三〇分にわたって敵艦隊との接触を保っていたが、その帰途に、進撃しつつある味方攻撃隊とちょうど出会った。

　状況が状況だけに、後藤と岸田は、菅野が問うその意味をすぐに理解し、口々に言った。

「望むところです！」

「覚悟はできてます！」

　二人の了解を得るや、菅野機はにわかにきびすを返して、味方攻撃隊の先頭へおどり出た。

　めざすはむろん米空母部隊の上空、その位置をよく知る菅野は、みずからを犠牲にして攻撃隊の先導役を買って出たのである。

　もう一度、敵艦隊上空まで飛ぶと、菅野機は母艦「加賀」へ帰投するためのガソリンをすっかり使い果たしてしまう。増槽は装備しておらず、生還することはもはや叶わない。

　しかし、菅野の損得勘定はきっちり成立していた。いや、味方攻撃隊の技量はたしかだから、米空母を撃破すれば充分におつりがくる。

――よし！　この命、くれてやる！

菅野兼蔵は平素から、男の命なんぞは〝使うべき時〟に使い切ってしまわねば〝およそ意味がない！〟とみずからに言い聞かせていた。

そして、どう考えても、今が〝その時〟にちがいなかった。

惜しむらくは自身（愛機）が魚雷を抱いて出撃していないことだが、それはほかの艦攻がやってくれる。三航戦攻撃隊は一心同体、それだけの訓練は積んできたから全機が一丸となって敵空母へ突っ込んでゆくのだ。

菅野機が計器飛行を誤るはずもなく、洋上にははやくも敵艦隊の一端が見えてきた。攻撃隊の指揮を執るのは加賀艦爆隊長の高橋赫一《たかはしかくいち》少佐だ。もはや充分と、高橋は大きく手を振り、菅野に向かって〝帰れ〟と合図した。

が、菅野機はまるで帰ろうとしない。見落としたかと思い、高橋はもう一度〝帰れ！〟と後ろへ向かって大きく手を振ったが、菅野は頭をかきながらしきりに前方を指差している。

――ははあ……、どうしても敵空母の〝真上まで案内する〟というのだな……。

ならば〝好きにしろ！〟ということで、高橋はついに説得をあきらめたが、菅野は〝一機でも多いほうが敵戦闘機の攻撃を分散できる〟と考えたのだった。

なるほど。それから二分と経たずして、はるか前方上空にぶきみな〝ごま粒大の黒点〟が無数に現れた。迎撃に舞い上がった米軍戦闘機にほかならず、ざっと見渡しただけで、三〇機は下らないと思われる。厄介な敵の〝お出まし〟に、高橋も俄然、眉をひそめた。

　高橋はもう一度気合を入れなおしたが、菅野機の誘導はやはりドンピシャで、高橋は、眉をひそめるのと同時に、あの向こうには〝必ず敵空母がいる！〟と確信した。

　彼我の距離はあっという間にちぢまり、高橋は制空隊の零戦一八機を前方へ出した。たちまち空戦が始まる。

　いっぽうで艦爆や艦攻を主体とする本隊には密集隊形を命じ、空戦場を一気に突っ切ってゆくことにした。菅野機はなおも直進しており、下手に空戦場を迂回するより、そのほうが確実に米空母群の上空へたどり着けるとみた。

　制空隊の零戦は数で圧倒されているにもかかわらず、敵戦闘機が待ちかまえる迎撃網のなかへ敢然と突っ込み、高橋ら本隊が進撃してゆくための突破口を開いてみせた。

　――それっ、いまだ！

　高橋隊長機が間髪を入れずに突進、機速を時速二〇〇ノットに上げると、残る艦爆二一機、艦攻二〇機もすかさず付いてくる。九七式艦攻はもはや最大速度に近かった。

　その真上を直掩隊の零戦九機がカバーしているが、制空隊の取りこぼした敵戦闘機が〝そうはさせじ！〟としゃかりきになって本隊へ襲い掛かって来る。宿敵・グラマンＦ４Ｆ戦闘機だ。一〇機以上はいる。

　零戦も捨て身の覚悟で本隊を援護してくれているが、敵空母もすでに優秀なレーダーを装備しているのにちがいなく、レーダーに誘導されて迎撃戦に徹したＦ４Ｆはめっぽう強かった。

　制空隊の零戦も技量はたしかだが、ほぼ同数のＦ４Ｆと戦うのが精いっぱいのようだ。

敵空母の姿はまだ見えない。

本隊を攻撃しているグラマンＦ４Ｆワイルドキャットは実際には一四機だったが、高橋にはもっとたくさんいるように感じられた。

それら敵戦闘機が次々と艦爆や艦攻へ襲い掛かり、容赦なく波状攻撃を仕掛けて来る。高橋の額にはあぶら汗がにじんでいた。

じつに危機的な状況だが、攻撃隊はこのまま直進を続けるしかない。高橋はあらためて覚悟を肚にすえたが、そのとき、上空でひときわするどい射撃音が響き、高橋の眼前を味方・零戦一機が火だるまとなって落ちていった。いや、それだけではない。艦爆や艦攻もクシの歯が抜け落ちるようにして一機、また一機と撃ち落されてゆく。その零戦は身を挺して隊長機を護り、自分の身代わりとなって落されたにちがいなかった。


——くそっ、なんとしても敵空母を撃破せねばならん！

高橋は決意をあらたにしたが、高橋機もすでに敵弾数発を喰らっている。なおも危機的な状況は続き、高橋はもはや全身、汗びっしょりとなっていた。

敵戦闘機の猛攻はすでに一〇分ちかくも続いている。上空を護る零戦は今や五機となり、本隊の艦爆や艦攻も、その兵力のおよそ三分の一をすでに喪失していた。

陸戦における欧米の常識では兵力の約三〇パーセントを失えば、現場指揮官の独断で撤退してもよいことになっている。

ここまで来て撤退するというような考えはむろんなかったが、さすがに高橋の脳裏に〝全滅〟の二文字がよぎりはじめていた。

　そのよからぬ考えを証明するかのようにして今また、後方で甲高い射撃音がひびき、高橋自身が直率する加賀・第一小隊の三番機が見るも無残に撃墜されてしまった。真珠湾攻撃以来ずっと高橋機に付き従って来た福原淳一《ふくはらじゅんいち》飛曹の操縦する九九式艦爆だ。

　その福原機が火だるまとなって今まさに落ちてゆく。その光景を目の当たりにし、さしもの高橋もカッと眼を見開き、心のなかで〝ふっ、福原がやられた！〟と絶句した。

が、その直後のことだった。

　後部座席に乗る、偵察員の小泉清三《こいずみせいぞう》中尉が突如声を上げ、ついに報告した。

「た、隊長、空母が見えます！　前方およそ二万五〇〇〇メートルの洋上に空母発見！　おそらくサラトガ型です！」

　ふと見るや、菅野機もさかんにバンクを振っている。高橋自身もほどなくして敵空母の姿をきっちりと認めた。

　──よーし、まちがいない！　あれは小泉が言うとおり「サラトガ」だ！

　姉妹艦の空母「レキシントン」はハワイ作戦時に一航戦、二航戦がオアフ島北西洋上ですでに屠っていたので、眼下の米空母は、「サラトガ」でまちがいなかった。

　──これ以上望むべくもない大物だが、米空母はもう一隻いるはずだ……。

　しかし、洋上をいくら見渡しても二隻目の姿は見えない。それに、今また艦攻一機が撃ち落されてしまい、これ以上、悠長にかまえているような時間はなかった。

　──まずはサラトガをやるしかない！

高橋はいよいよ攻撃を決意したが、ここはなにがなんでも二隻とも撃破しておく必要がある。一隻でも生かしておくと、その一隻から味方空母が反撃を喰らうにちがいなかった。

するると、菅野機がさらにバンクを振りながら右手（南）へ出ようとしている。それを見て、高橋はすぐにピンときた。

——ははあ、もう一隻は〝南にいる〟というのだな！

高橋は即座に右手を上げ〝よしわかった！〟と合図したが、指揮下の攻撃機は敵グラマンの猛攻にさらされてもはや激減しており、攻撃可能なものは、高橋機をふくむ艦爆一三機と艦攻一〇機のわずか二三機となっていた。

兵力はほぼ半減しており、二三機では、本来なら一隻の敵空母に攻撃を集中すべきところだ。

だが高橋は、五機もあれば〝もう一隻にも損害をあたえられる！〟とみずからを励まし、敵空母を〝二隻とも撃破する〟という望みを、菅野機の誘導にたくすことにした。

つまり高橋は、自機をふくむわずか艦爆五機で未発見の敵空母を探し出すことにし、残る艦爆八機と艦攻一〇機にすぐさま突撃を命じて、直下の海をゆくサラトガ型空母に、攻撃を加えることにしたのである。

高橋が突撃命令を発するや、一八機の艦爆、艦攻は、「サラトガ」にちがいない敵空母へ向けてただちに突入を開始した。

しかし、それら一八機の投弾を確認しているようなひまはない。一刻も早くもう一隻の米空母を見つけ出す必要がある。菅野機はすでに六〇〇メートルほど前（南）へ先行していた。

高橋は「サラトガ」へ殺到してゆく列機の姿をもう一度だけ横目でちらっとみたが、それを最後にあとはわき目もふらず菅野機を追い掛けた。

時間は刻々と過ぎてゆく。しかし洋上に敵空母の姿はまだ見えない。もはや菅野飛曹長の勘に頼るしかないが、もし菅野機を先に帰していたとしたら、おそらく、もう一隻の米空母は完全にとり逃していたにちがいなかった。

そして、たっぷり四分ほど飛び続けると、後部座席の小泉中尉が再び声を上げた。

「た、隊長！　やはりもう一隻いました！　こちらはワスプ型のように思われます！」

高橋がこれにうなずくや、完全に役目を果たした菅野機はちいさく一度だけバンクを振って左へ旋回、自機（高橋機）に進路をゆずってまもなく艦爆五機の最後尾に占位した。


幸い、ワスプ型米空母の上空に敵戦闘機の姿は見えない。しかし高橋は、グラマン数機が後方から迫りつつあるような気配をとっさに感じた。

おそらくレーダーで誘導された米軍戦闘機隊は、より北に位置するサラトガ型空母の上空で集結し迎撃の網を張っていたと思われる。

実際、空母「ワスプ」と「サラトガ」の距離は南北へ一五海里ほど離れており、まさか日本軍爆撃機が「ワスプ」の上空にまで進入して来るとは思わず、空母「ワスプ」の上空はこのときすっかり〝がら空き〟となっていた。

だが、当然そのことは米側も承知しており、通報を受けたF４F四機が「ワスプ」の上空をめざして舞いもどり、今まさに高橋隊の後方から追い付いて、猛烈な一撃を仕掛けようとしていた。

ワイルドキャットのほうが断然速度が速い。

そして、それら四機のＦ４Ｆから真っ先に狙われたのは、ほかでもない、菅野飛曹長が偵察員を務める九七式艦攻だった。

四機の敵戦闘機から一斉射撃を受け、防御力の弱い九七式艦攻はひとたまりもなかった。わずか数秒で胴体から火を噴き、殊勲の菅野機は大空に散って果てた。が、思い残すことはもはやなにもなかった。菅野兼蔵は最期に見た！

愛機が火を噴く刹那に、菅野は、高橋隊長機を先頭にしてワスプ型米空母へ猛然と突入してゆく艦爆五機の雄姿を眼にした。菅野は、急降下してゆく五機の姿を最期にきっちりと眼に焼き付けることができたのである。

――よし！　降下しさえすればあとは高橋隊長がなんとかしてくれる！　……さあ来い、アメ公！　おれ様が相手だ！

菅野機は翼をいっぱいに広げ、ワイルドキャット四機の進路上で仁王立ちとなっていた。

6

高橋少佐が突撃命令を発するや、五機の九九式艦爆はあらゆる方向から、空母「ワスプ」をめざして一斉に降下した。

敵の対空砲火を分散させるためだ。連携すべき雷撃隊はおらず、攻撃機数がわずか艦爆五機のため、四方から一斉に突入して、いずれかの命中に期待しようというのである。

高橋少佐機は真っ先に急降下を開始したが、狙う「ワスプ」は時速二九ノットの高速で疾走しており、さしもの高橋も艦首付近に至近弾をあたえるのが精いっぱいだった。

直撃はかなわなかったが、高橋機の投じた爆弾により「ワスプ」は艦首に亀裂を生じ、艦の動きがそれまでよりわずかに鈍った。

そこへすかさず残る四機が殺到、的外れな攻撃をしたものは一機もなく、さらに至近弾三発と直撃弾一発を「ワスプ」にあたえた。

五機の投じた爆弾はいずれも二五〇キログラム爆弾だったが、飛行甲板を直撃した一発は、三八ミリ鋼板を張った第四甲板で炸裂し、火災による黒煙とガスで「ワスプ」のボイラー員は持ち場から脱出せざるをえなかった。これにより、三つの罐室が損害を受け、空母「ワスプ」の速力は一時一九ノットまで低下した。

また至近弾三発も、船体接合部をゆるめる効果があり、「ワスプ」は、その後しばらくは重油の流出が止まらなかった。


見事、「ワスプ」に直撃弾をあたえたのは加賀第一小隊の二番機だった。操縦するのは篠原一男《しのはらかずお》飛曹長だ。

開戦以来、高橋少佐のまさに右腕として幾多の戦いに参加してきた篠原は、降下角を最も深くとってしんがりで突っ込み、狙う「ワスプ」の飛行甲板へまんまと爆弾を突き刺した。

これにより「ワスプ」はしばらく戦闘力を奪われ、篠原は快心の手ごたえで愛機を上昇させていったが、たっぷり上昇しても周囲に高橋隊長機の姿は見えず、さらに眼を凝らしながら集合地点へ向かったが、高橋隊長機はもとより菅野機の姿も見えなかった。

やむをえず、電波を発して呼び掛けようとすると、そのとき右斜め下方から猛然と上昇して来る一機を認めた。

――ややっ、あれはグラマンだ！

そう気づくや篠原は、とっさの判断でしゃにむに機首を突っ込み、相撃ちを覚悟で向首反抗の射撃を敢行した。

この判断が功を奏し、そのグラマンは大胆きわまりない篠原機の反撃に意表を突かれてまもなく退散。篠原機も北方へ逃れたが、グラマンと一戦まじえる前に、篠原は洋上に波紋が広がっていることに気が付いていた。

それは撃墜された〝機〟が海へ突入した波紋にちがいなく、その辺りからグラマンが上昇して来たということは、海へ突入したのはこのグラマンから攻撃を受けて撃ち落された〝味方機〟としか考えられなかった。

そしていくら探しても隊長機は見えず、篠原は肩を落として観念せざるをえなかった。


――あの波紋は、海へ自爆突入した高橋隊長機が残したものにちがいない……。

篠原の推測は正しく、それはまぎれもなく高橋赫一少佐の艦爆が撃墜された痕跡だった。

結局、空母「ワスプ」へ向けて降下した高橋隊の艦爆五機のうち、高橋機をふくむ三機が「ワスプ」攻撃後に、ワイルドキャットの追撃に遭って撃ち落されていた。

篠原飛曹長の艦爆が北へ舞い戻ると、サラトガ型米空母に対する、味方の攻撃はすでに終了していた。「サラトガ」にちがいないその米空母の艦上からはもうもうと黒煙が昇り、艦も大きく左へ傾いている。

実際に「サラトガ」は、爆弾二発と魚雷二本を喰らって戦闘力を奪われ、出し得る速度も二一ノットに低下していた。

事態を重くみたフランク・J・フレッチャー少将は、「サラトガ」に後方（南）へ退避するよう命じ、艦の復旧を艦長のアーチボルド・H・ダグラス大佐に任せ、自身は重巡「ヴィンセンス」への移乗を決意した。

そして、この判断はじつに適切だった。

密閉式格納庫をもつ空母「サラトガ」は、日本軍機による雷撃でガソリンタンクを破損し、そこから漏れ出た気化ガスが艦内に充満、このとき危険な状態におちいっていた。同型艦の空母「レキシントン」が気化ガスへの引火がダメ押しとなって沈没にいたったことをダグラス艦長はきっちり把握しており、彼は、フレッチャー少将に対してこの危機を訴えていたのだ。

「本艦は艦載機の運用や、戦闘行動を一切中止して、復旧作業に専念すべきです！」

艦内でガス爆発が発生すると大惨事になることはむろんフレッチャーも瞬時に理解し、彼は、ダグラス艦長の進言に是非もなくうなずいて「ヴィンセンス」へと移乗、部隊全体の指揮を執ることにしたのである。

空母「サラトガ」は駆逐艦「エールウィン」のみを伴ってただちにトンガプタ島（トンガ王国の本島）へと逃れ、直掩戦闘機や攻撃機の収容はすべて空母「ワスプ」でやることになった。

防空戦闘機隊のワイルドキャットは零戦との戦いでその数を一九機に減らし、帰投中の攻撃機も数を減らして、およそ四〇機となっていることがすでにわかっていた。

六〇機程度の収容なら「ワスプ」一隻でも充分に可能だが、同艦もまた損傷しており、空母「ワスプ」の復旧には結局一時間を要した。

いっぽう、米空母〝二隻撃破！〟の第一報を聞いて、原少将は「加賀」の艦橋で小躍りしてよろこんだが、帰投して来た攻撃機のあまりの少なさを知り、一転ため息を吐いて、これ以上ないほど落胆した。

――これでは米空母への再攻撃はおろか、MO作戦の継続も不可能じゃないか……。

それもそのはず。攻撃隊を収容した午後二時三〇分の時点で、原少将の手元に在る残存機は、零戦二九機、艦爆九機、艦攻六機のわずか四四機に過ぎず、しかも三航戦は、高橋少佐をはじめとする、指揮官級のベテラン搭乗員の大多数を失っていたのだった。

零戦こそ二九機が即時発進可能だが、肝心の攻撃機が艦爆、艦攻を合わせて一五機ではいかにも少なすぎる。

いや、防空戦を戦った零戦などもふくめて空母三隻の艦内にはいまだ六〇機近くの艦載機が残っていたが、日本軍機は総じて防御力が弱く、再発進できないものが多かった。

篠原飛曹長の九九式艦爆などもかろうじて「加賀」へ帰投していたが、機体と主翼のあいだに大きな亀裂を生じており、いつ、分解してもおかしくないほどの状態となっていた。これでは危険すぎてとても再発進できない。

とにかく攻撃機がわずか一五機では、ポートモレスビーの敵飛行場を充分に破壊できるかどうか大いに疑問で、それすらできそうにない。

原少将はMO作戦の継続をついに断念して北上を命じ、戦艦「霧島」艦上で指揮を執る高木武雄中将も、原少将の判断を追認、まもなく全部隊に引き揚げを命じたのである。

7

米空母二隻を〝撃破した！〟と信じる井上成美中将は、原少将に対して一旦は追撃命令を出していたが、にわかにそれを取り下げて、高木中将の撤退命令を追認した。

ツラギ発進の九七式飛行艇が〝無傷〟の米空母一隻を発見していたからである。

その飛行艇はいうまでもなく、復旧作業を成し遂げた直後の「ワスプ」を発見したのだが、いまだ健在な米空母がサンゴ海で行動しているとすれば、これ以上、ＭＯ作戦を〝ゴリ押しするのはよくない〟と井上中将は判断した。

攻撃機がたとえ一五機でも、再攻撃すれば敵に損害をあたえられる可能性はたしかにあった。

しかし敵も当然反撃して来るので、「加賀」を失う危険性があるし、二隻の軽空母も無事で済むはずがなかった。

そして、この健全な米空母をサンゴ海から排除しないかぎりＭＯ作戦の継続は不可能であり、たとえ再攻撃によってこの米空母を排除できたとしても、「加賀」や軽空母が傷ついてしまえば、ＭＯ作戦の継続は不可能になるのであった。

空母「ワスプ」をサンゴ海へ〝直接〟派遣するというチェスター・Ｗ・ニミッツ大将の執念がアメリカ側に戦略的な勝利をもたらし、現地で作戦部隊を指揮したフランク・Ｊ・フレッチャー少将も、ニミッツ大将の意図をよく理解し、粘り強く戦ったといえる。

いっぽう日本側では、井上司令部の決定をめぐってひともんちゃくが起きていた。

連合艦隊司令部では、MO機動部隊の撤退を是認した第四艦隊司令部の決定を〝弱腰だ〟と決め付け、幕僚たちがさかんに息巻いていた。

「長官、今からでも遅くありません！　ぜひとも追撃命令を出してください！」

先頭に立ってそう主張したのは、ほかでもない参謀長の宇垣纏少将だった。

遠くはなれた「長門」艦上ではすぐには戦場の詳細を把握できないのは当然だが、せっかく米空母二隻を撃破したのだから、これに止めの攻撃をおこなうのは当然のことのように思われた。山本五十六大将もその必要性を認め、一旦は第四艦隊司令部に対して追撃命令を出した。

しかし実際には、空母「ワスプ」は息を吹き返し、攻撃可能な味方艦爆、艦攻はわずか一五機に激減していたのである。


第一次の攻撃では敵空母群上空への進入に成功した攻撃機の数は日米双方とも二〇機程度で大差がなかった。にもかかわらず米軍攻撃隊は二発の命中弾を得るのが精いっぱいで、爆弾三発と魚雷二本を命中させた日本軍攻撃隊よりもあきらかに技量で劣っていた。技量で勝る三航戦攻撃隊が再攻撃を実施すれば〝さらに戦果を拡大できる〟と連合艦隊司令部の連中が期待するのは無理もなかったが、米軍爆撃機の投じた爆弾が一〇〇〇ポンド（約四五四キログラム）爆弾であるのに対して日本軍爆撃機の投じた爆弾はすべて二五〇キログラム爆弾で、その破壊力では日米両軍のあいだで相当な開きがあった。

しかも、米空母は総じて打たれ強く、米軍艦載機もまた、防御力においては日本軍艦載機よりも勝っていた。

米空母一隻が依然として戦闘力を保持していることがやがて「長門」にも伝わり、さらに三航戦航空隊が〝歴戦の搭乗員をほとんど失った〟という事実も判明すると、連合艦隊司令部の空気が一変し、みなが急におとなしくなった。

そこへ、井上中将自身が起草したにちがいない意味深長な電報が、第四艦隊の旗艦「鹿島《かしま》」から送られてきた。

『ポートモレスビーそれともハワイ、真に大事はどちらなりや⁉』

電文を手渡されて山本五十六はにわかにピンときた。空母「加賀」や軽空母二隻もハワイ攻略にはおよそ欠かせない戦力であり、それをポートモレスビー攻略のごとき支作戦で〝失ってもよいのか〟という、これは山本五十六に対する事実上の諫言《かんげん》にちがいなかった。

むろん山本の眼はハワイを見すえていた。

最後は〝鶴の一声〟で「MO作戦」の中止が決定されたのである。

第五章　第一機動部隊は六隻

1

軍令部の考えはいざ知らず、連合艦隊司令部にとって、ポートモレスビー攻略は支作戦にちがいなかった。

連合艦隊司令部もポートモレスビー攻略の必要性は認めていた。同地を占領すればニューギニアのほぼ全域を制圧できるため、ラバウル防衛上の観点から消極的ながらも賛成したのだ。

しかし、あくまでハワイ攻略を本命視している山本司令部にとって、「MO作戦」はやはり枝葉な作戦に過ぎず、だからこそ南雲機動部隊の主力である第一、第二航空戦隊の出動を見おくり、第三航空戦隊の三空母だけを「MO作戦」に出動させていた。

真珠湾はすでに復旧されているにちがいなかったが、「MO作戦」の計画段階では、米空母がまさか〝サンゴ海に現れる〟とはだれも予想していなかった。空母「加賀」と軽空母二隻に出動を命じれば、ポートモレスビーは難なく攻略できるとだれもが思っていた。そう思い込んでいた虚を米軍にまんまと突かれたのだ。しかも敵空母は二隻も出て来た。もし五月六日の索敵に手抜かりがなければ、原忠一少将は空母「サラトガ」の撃沈に成功し、勝利を手にしていたことだろう。

母艦航空隊の技量は帝国海軍のほうが断然すぐれており、その後に空母「ワスプ」が現れたとしても、「ワスプ」単独ならこれも撃破していた可能性が高い。対「サラトガ」戦ですでに多少の航空兵力を消耗してはいるだろうが、撃沈はできずとも「ワスプ」にも大打撃をあたえていた可能性が高かった。

帝国海軍航空隊の技量はなるほどすぐれていたが、敵空母を二隻同時に相手にする羽目となったことがマズかった。五月六日の索敵失敗がその最大の原因だが、日本側の失策を見事戦略的勝利に結び付けたのはチェスター・W・ニミッツ大将の不撓不屈《ふとうふくつ》の精神にほかならず、空母「加賀」の戦線離脱を余儀なくされた連合艦隊は、次なる大作戦「MI作戦」の部隊編成を一から見なおす必要にせまられた。

大作戦を前にして第三航空戦隊を事実上解隊に追い込んだ敵将・ニミッツの采配は、口に出してこそ言わないが、山本五十六も〝敵ながらあっぱれ〟と認めるしかなかった。

――ニミッツという男はどうしてなかなか油断がならん。……次も、なにか仕掛けて来るやもしれんぞ！

山本五十六は、米空母が〝出て来る〟という前提に立ち返って「MI作戦」の部隊編成を今一度見なおし、早急に計画案をまとめるよう首席参謀の黒島亀人《くろしまかめと》大佐に命じた。

ハワイ攻略の前哨戦となる「MI作戦」は連合艦隊にとってまさに本命の作戦であり、次は絶対に失敗がゆるされない。黒島は寝る間を惜しんで部隊編成案の作成に当たり、五月一二日には山本長官にその案を提出した。

連合艦隊司令長官　山本五十六大将
【主力部隊】指揮官／山本大将〔GF〕
（MI作戦全般支援）
・主隊／指揮官　山本大将兼務
　第一戦隊　司令官　山本大将直率
　　戦艦「長門」「陸奥《むつ》」
　第三水雷戦隊　司令官　橋本信太郎《はしもとしんたろう》少将
　　軽巡「川内《せんだい》」駆逐艦八隻
（空母隊）練習空母「鳳翔《ほうしょう》」
（特務隊）水上機母艦「千代田《ちよだ》」「日進《にっしん》」
（補給隊）油槽船一隻　駆逐艦一隻
・警戒部隊／指揮官　高須四郎《たかすしろう》中将〔1F〕
　第二戦隊　司令官　高須中将直率
　　戦艦「伊勢《いせ》」「日向《ひゅうが》」「山城《やましろ》」「扶桑《ふそう》」
　第九戦隊　司令官　岸福治《きしふくじ》少将
　　軽巡「北上《きたかみ》」「大井《おおい》」駆逐艦九隻
（補給隊）油槽船一隻、駆逐艦一隻
【攻略部隊】指揮官／近藤信竹《こんどうのぶたけ》中将〔2F〕
（ミッドウェイ島攻略支援）
・本隊／指揮官　近藤中将兼務
　第四戦隊　司令官　近藤中将直率
　　重巡「愛宕《あたご》」「鳥海《ちょうかい》」
　　軽空「祥鳳」（付属）
　第三戦隊　司令官　三川軍一中将
　　戦艦「比叡」「金剛」
　第五戦隊　司令官　高木武雄中将
　　重巡「妙高」「羽黒」
　第四水雷戦隊　司令官　西村祥治《にしむらしょうじ》少将
　　軽巡「由良《ゆら》」駆逐艦七隻
（補給隊）工作艦「明石《あかし》」
　　油槽船二隻、駆逐艦二隻

・支援隊／指揮官　栗田《くりた》健男《たけお》中将
　第七戦隊　司令官　栗田中将直率
　　重巡「鈴谷《すずや》」「熊野《くまの》」「最上《もがみ》」「三隈《みくま》」
　　油槽船一隻、駆逐艦二隻（付属）
・航空隊／指揮官　藤田類太郎《ふじたるいたろう》少将
　第一一航空戦隊　司令官　藤田少将直率
　　水上機母艦「千歳《ちとせ》」「神川丸《かみかわまる》」
　　駆逐艦二隻（付属）
・護衛隊／指揮官　田中頼三《たなからいぞう》少将
　第二水雷戦隊　司令官　田中少将直率
　　軽巡「神通《じんつう》」　駆逐艦一〇隻
・占領隊／指揮官　大田実《おおたみのる》少将
　第二連合陸戦隊　司令官　大田少将直率
（横須賀第五陸戦隊、呉第五陸戦隊）
（第一一、第一二設営隊）
（陸軍・一木支隊）

【第一機動部隊】（ミッドウェイ島空襲）
　指揮官／南雲忠一中将〔1AF〕
　独立旗艦・戦艦「大和」
・空襲部隊／指揮官　山口多聞少将
　第一航空戦隊　司令官　山口少将直率
　　空母「翔鶴」「瑞鶴」　軽空「瑞鳳」
　第二航空戦隊　司令官　角田覚治少将
　　空母「赤城」「飛龍」「蒼龍」
・支援部隊／指揮官　阿部弘毅《あべひろあき》少将
　第八戦隊　司令官　阿部少将直率
　　重巡「利根《とね》」「筑摩《ちくま》」
　第三戦隊・第二小隊（付属）
　　戦艦「霧島」「榛名」
・警戒隊／指揮官　木村進《きむらすすむ》少将
　第一〇戦隊　司令官　木村少将直率
　　軽巡「長良《ながら》」　駆逐艦一二隻

（補給隊）油槽船六隻、駆逐艦二隻

【北方部隊】指揮官／細萱《ほそがや》戊子郎《ぼしろう》中将〔5F〕

（アリューシャン列島攻略支援）

・本隊／指揮官　細萱中将直率

独立旗艦・重巡「那智《なち》」

駆逐艦二隻（付属）

・第二機動部隊／指揮官　山縣正郷《やまがたまさくに》中将

第四航空戦隊　司令官　山縣中将直率

空母「隼鷹」軽空「龍驤」

第四戦隊・第二小隊（付属）

重巡「高雄《たかお》」「摩耶《まや》」

駆逐艦四隻（付属）

・アッツ攻略部隊／指揮官　大森仙太郎《おおもりせんたろう》少将

第一水雷戦隊　司令官　大森少将直率

軽巡「阿武隈《あぶくま》」　駆逐艦四隻

（陸軍・北海支隊）

・キスカ攻略部隊／指揮官　大野竹二《おおのたけじ》大佐

第二一戦隊　司令官　大野「木曾《きそ》」艦長

軽巡「木曾」「多摩《たま》」　駆逐艦三隻

（舞鶴第三陸戦隊）

・水上機部隊／指揮官　宇宿主一《うしゅくしゅいち》大佐

独立旗艦・水上機母艦「君川丸《きみかわまる》」

駆逐艦一隻（付属）

（付属部隊）特設巡洋艦二隻、油槽船二隻

※記号〔GF〕は連合艦隊、〔1F〕は第一艦隊、〔1AF〕は第一航空艦隊を示し、それぞれが司令長官を兼務していることを表す。

軍令部は、本土空襲の再発を防ぐには、ミッドウェイ島だけでなく西部アリューシャンの島々も占領し、基地を設ける必要があると主張した。

　そこで連合艦隊司令部は急遽、アッツ、キスカ両島の攻略とダッチ・ハーバー空襲を作戦目標に加え、それでようやく「MI作戦」の最終的な許可を軍令部から得たのだった。

　五月三日には空母「隼鷹」が竣工し、同艦は即日連合艦隊に引き渡されて、第四航空戦隊に編入された。

　本来「隼鷹」は第三航空戦隊に編入されて「加賀」と戦隊を組む予定であったが、「加賀」が戦線離脱を余儀なくされたため、軽空母「龍驤」と第四航空戦隊を編成、アリューシャン作戦に出動することとなった。第四航空戦隊の司令官には今回、新たに山縣正郷中将が就任。山縣正郷は五月一日付けで中将に昇進し、四月はじめには第一航空艦隊付けとなって四航戦航空隊の訓練にいそしんでいた。


　第四航空戦隊の旗艦はこれまで「龍驤」だったが、山縣中将は旗艦を空母「隼鷹」に変更してアリューシャン方面へ出撃する。「隼鷹」は煙突と一体化した島型艦橋を備えている。艦橋が飛行甲板下に在る「龍驤」よりも視界が利くし、通信面でも有利なため、山縣は旗艦を「隼鷹」へ変更することにした。その反面、「龍驤」は時速二九ノットの最大速度を発揮できるが、「隼鷹」は最大で二五・五ノットの速力しか発揮できない。「隼鷹」を旗艦にすると速度面では不利だが、今回は北太平洋での作戦になるので、山縣は艦の安定性をより重視して「隼鷹」を旗艦に選んだ。

　第四航空戦隊「隼鷹」「龍驤」の搭載機数は合わせて八三機に達し、「MI作戦」中はこの二隻で第二機動部隊を編成、山縣がその指揮官を務めることになった。

そして黒島は、事実上解隊となった三航戦の軽空母「瑞鳳」を当初の予定どおり第一航空戦隊に編入し、軽空母「祥鳳」をミッドウェイ攻略部隊の本隊へ組み入れていた。

先の「サンゴ海海戦」において第三航空戦隊は大量の機材を消耗していたが、「MI作戦」に向けて、これら軽空母二隻に充当する程度の機材は準備することができた。

「やはり井上の言うとおりだったかもしれん。……「瑞鳳」「祥鳳」をこうして支障なく使えるのは、それはそれでよかった」

黒島の編成案を見て、山本五十六がぼそりそうつぶやくと、黒島もそれを素直に認めて無言でうなずいた。山本長官が「MI作戦」のほうをより重視していることは、黒島もよくわかっていたのである。

2

連合艦隊司令長官の山本五十六大将は〝不足はない〟と考えて黒島案の全面採用を決め、「MI作戦」に充当する各作戦部隊の編成を五月一五日付けで内示した。

ミッドウェイ攻撃を担う肝心の第一機動部隊は空母六隻の編成となっている。第一航空艦隊司令長官の南雲忠一中将が第一機動部隊の指揮官を兼務し、南雲中将自身は戦艦「大和」に将旗を掲げてミッドウェイ方面へ出撃する。

南雲中将の指揮下に在る第一航空戦隊と第二航空戦隊は、今回、双方とも晴れて空母三隻の編成となり、それぞれが一八〇機もの航空兵力を有していた。

第一機動部隊　指揮官　南雲忠一中将
・第一航空戦隊　司令官　山口多聞少将
　空母「翔鶴」　　　搭載機数・計七五機
（零戦二一、艦爆二七、艦攻二七）
　空母「瑞鶴」　　　搭載機数・計七五機
（零戦二一、艦爆二七、艦攻二七）
　軽空「瑞鳳」　　　搭載機数・計三〇機
（零戦一八、艦攻九、二式艦偵三）
・第二航空戦隊　司令官　角田覚治少将
　空母「赤城」　　　搭載機数・計六六機
（零戦二一、艦爆一八、艦攻二七）
　空母「飛龍」　　　搭載機数・計五七機
（零戦二一、艦爆一八、艦攻一八）
　空母「蒼龍」　　　搭載機数・計五七機
（零戦二一、艦爆一八、艦攻一八）

　第一機動部隊の航空兵力は零戦一二三機、九九式艦爆一〇八機、九七式艦攻一二六機、二式艦偵三機の計三六〇機。

　このなかには占領後にミッドウェイ基地へ配備する予定となっていた一八機の零戦もふくまれており、軽空母「瑞鳳」の搭載機は、基本的には攻撃に参加せず、偵察および艦隊上空の直掩任務に従事する予定となっていた。

　くりかえしになるが、航空戦はこれまでどおり第一航空戦隊司令官の山口多聞少将が統一指揮を執り、戦艦「大和」に将旗を掲げる南雲忠一中将は、戦略的見地から、機動部隊全体の作戦指導をおこなうことになる。そのために、「大和」が装備するレーダー「二号三型改」の探知性能は飛躍的に向上している。

この優秀なレーダーを活かすも殺すも南雲司令部の運用次第ということになるが、レーダーのたしかな運用法を確立するために、連合艦隊はこのたびの部隊編成を機に、第一航空艦隊司令部内へ制式に〝情報参謀〟職を設けていた。周知のとおり、インド洋作戦から帰還した山口多聞の進言によるものである。

山本五十六がその必要性を認めて〝適当な者がいないか〟と海軍省・人事局へ問い合わせたところ、人事局長の中原義正《なかはらよしまさ》少将はすぐに一人の男を推薦してきた。

海兵五四期卒業の中島親孝《なかじまちかたか》少佐である。

海軍通信学校高等科を首席で修了した中島親孝は、昭和一二年ごろと一五年ごろに各一年間、軍令部参謀を命じられ、通信、情報を専門に研究しその内容を高く評価されていた。

中島少佐は開戦時、第二艦隊の通信参謀を務めていたが、五月一日の定期異動で連合艦隊司令部付けとなり、五月一五日からは晴れて第一航空艦隊の〝情報参謀〟に就任した。

山口少将がこの件を山本大将に進言したのは四月二五日のことだったが、定期異動の日が〝差しせまっている！〟と機敏に手をまわした山本は中原人事局長と掛け合い、中島少佐の連合艦隊への異動を実現させたのだった。

当の中島本人は、異動先が〝連合艦隊司令部である〟と聞かされてはじめはおどろいたが、「長門」へ着任するや、宇垣参謀長からすぐに「明日から『大和』へゆけ！」と命じられ、それでようやく事態が呑み込めてきた。

――ははあ、情報参謀というのは〝要するにレーダーを担当せよ〟というのだな……。

案の定、戦艦「大和」では海軍技術研究所の矢波正夫技師が待ち構えており、中島は、新型レーダー「二号三型改」の詳細な取り扱いに関する講習を、二週間にわたって矢波技師からみっちりと受けたのだった。

その間の、連合艦隊司令部の力の入れようは相当なもので、初日（五月二日）に「大和」へ赴いたときも中島は独りで赴任したわけではなく、連合艦隊作戦参謀の三和義勇大佐が付き添い、丁重に南雲忠一中将と草鹿龍之介少将に紹介してもらえる、という念の入れようだった。

第一航空艦隊は五月一日に「大和」へ司令部を移したばかりで南雲中将も草鹿少将も上機嫌だったが、中島自身も今後「大和」で勤務できるのだと思うと、俄然やる気がわいてくるのがふしぎな感じがした。

初日だけでなく、三和大佐は三日に一度は「大和」へ顔を出し、自身（中島）のことを気遣ってくれていた。山本長官から直々になにか指示があるのにちがいなく、三和大佐は、ときにレーダーのことを質問したりして、それをしきりに手帳へ書き写していた。

未曽有の大戦艦だけのことはあり「大和」の艦内はさすがに広々としていた。通信装置なども申し分のないものがそろっている。中島は、第一航空艦隊通信参謀の小野寛治郎少佐とも進んで意見を交換し、次第に「大和」司令部の一員となっていった。自分より二期下の小野少佐とは歳も近いし、話しやすい。そしてなにより、普段は二人で協力し米空母に関する情報などを収集することになっていたので、小野少佐とは常に意思の疎通を図っておく必要があった。

五月一二日にも三和大佐がやって来て、矢波技師に訊いた。

「どうだ、中島くんは優秀だろう？　彼の呑み込みはどうかね。場合によっては講習を延長してもよいのだが……」

すると、矢波はきっぱりと言い切った。

「呑み込みが良いも悪いも最優秀です！　技術者になっていただきたいぐらいです。……もはや私は、（大和に）必要ないでしょう」

あまりのほめように中島自身は頭を掻くしかなかったが、三和から「万全です」と報告を受けた山本五十六は、いかにも満足げにうなずいたのである。

出撃の時は刻一刻と近づいていた。

第六章　ニミッツ司令部の計画

1

日本軍の攻勢はまるで止みそうにない。並みの神経の持ち主ならすでにノイローゼを発症していてもおかしくないような事態が続いているが、チェスター・W・ニミッツの胆力はやはり並外れていた。またもやレイトンの報告だ。

「次はミッドウェイです！」

いよいよ日本軍が日付変更線を超えて来るというのだが、健全な空母は二隻しかない。

暗号解読班がもたらしたこの情報に、凡将なら腰を抜かして怖じ気付くところだが、ニミッツは即座に応戦の覚悟を決めた。

――ミッドウェイを失うわけにはいかん。……同島を占領されてしまえば、オアフ島に刃を突き付けられたのも同然だ！

しかし、日本軍は作戦可能な空母を九隻は保有している。味方空母が二隻ではどう考えてみてもまともに太刀打ちできない。

現にワシントンの統合作戦本部はミッドウェイを〝無理に防衛しようとするのはよくない！〟とさっそく忠告してきた。ミッドウェイ島とハワイ・オアフ島は一一五〇海里ほどしか離れていないため、頃合いをみて〝いつでも奪還できる〟というのだ。むろん一理ある。

だが日本軍機動部隊が健在であるかぎり、一度奪われたミッドウェイ島を〝そう簡単には奪還できない〟とニミッツはみていた。奪還するにもまとまった数の味方空母が必要で、奪還に手間取るあいだに同島をハワイ攻略の足掛かりにされかねない。オアフ島を危険にさらすわけにいかず、ハワイ防衛の観点からみればミッドウェイは味方の貴重な前線基地にちがいなかった。

そして日本軍の攻勢を喰い止めるには、いずれどこかの段階で日本軍機動部隊に痛撃を喰らわす必要がある。

チェスター・W・ニミッツは〝それがミッドウェイではないか……〟と考えた。敵がミッドウェイ島を攻撃して来るとわかっているのだ。相手の手の内が読めているのだから、これは危機であると同時にチャンスでもあるはずだった。

ミッドウェイの友軍飛行場を〝第三の空母〟とみなすこともできる。これをむざむざ手放すのはあまりにも無策だ。

しかし勝算もなしに、やみくもに戦うわけにはいかない。

――問題はやはり空母の〝数〟だ……。空母が「ヨークタウン」と「ホーネット」の二隻だけではまるで話にならない。だが、「ワスプ」は修理可能かもしれない。「ワスプ」を修理できれば三隻、いや、ミッドウェイの飛行場を計算に入れると、実際には空母四隻分の航空兵力を動員することができる！

そう計算するや、ニミッツは最も重要な質問をレイトンに投げかけた。

「問題は日本の主力空母艦隊だ。ミッドウェイを攻撃して来る敵空母は何隻かね？」

この質問に答えるのは、容易なことではないはずだが、レイトンは即答した。

「六隻です！」

するとニミッツは、首をひねって聞き返した。

「日本の主力空母は六隻だが、『カガ』は修理中のはずだ」

「はい。ですから『カガ』以外の主力空母五隻と補助空母が一隻の計六隻です」

そう答えた上で、レイトンは作戦室のボードにちいさく記してみせた。

――空母「翔鶴」「瑞鶴」「赤城」「飛龍」「蒼龍」および補助空母「瑞鳳」……。

それはまさしく日本軍・第一機動部隊の空母六隻であり、恐ろしいことに暗号解読班はその艦名までをきっちり言い当てていたのである。ニミッツはこれを見てうなずくしかなかった。

「敵は六隻か……」

ニミッツは不意にそうつぶやくと、急に黙りこくってしまった。

レイトンは、長官の言葉をじっと待つしかなかったが、このとき、ニミッツの頭のなかはまさにフル回転していた。

――こちらはミッドウェイの飛行場を入れても四隻分だが、敵は六隻で、その航空兵力はおそらく三五〇機を下らないだろう。……急げばミッドウェイに七〇機ほど（偵察機を除く）かき集められるだろうが、それでも味方の兵力は三〇〇機に満たない。不足の五〇機～六〇機を、どうにかして埋め合わせできないものか……。

あと六〇機ほど〝なにか〟で埋め合わせできれば、敵・味方の航空兵力はほぼ対等となり、充分に勝算が成り立つ。

すると、ニミッツはやにわに決断し、一段と強い口調でレイトンに再確認した。

「フレッチャーはいつ戻って来る⁉」

「五月二七日（ハワイ時間）にはパール・ハーバーへ戻って来られます」

レイトンが即答すると、ニミッツは目をほそめちいさくうなずいてみせた。

じつはポートモレスビーを徹底的に防衛しようと考えていたニミッツは、ウィリアム・Ｆ・ハルゼー中将の指揮下に在る「ヨークタウン」「ホーネット」も追加で豪北方面へ差し向けていた。けれどもその後、日本軍はポートモレスビー攻略を断念したことが判り、ニミッツはハルゼー中将に大急ぎで帰還を命じ、空母「ヨークタウン」「ホーネット」はひと足はやく五月二六日にはパール・ハーバーへ戻って来ることになっていた。

もちろんミッドウェイ方面へ出撃させるためにハルゼー部隊を呼び戻したのだが、その翌日（五月二七日）にはフレッチャー少将の指揮下に在る空母「サラトガ」「ワスプ」もパール・ハーバーへ帰還して来ることがこれで確実となり、ニミッツは俄然、目をほそめたのである。

ニミッツは最後にもうひとつだけ、レイトンに確認した。

「日本軍機動部隊がミッドウェイに空襲を開始するのはいつかね？」

「六月四日・早朝（ミッドウェイ現地時間）でまちがいありません！」

またもやレイトンが即答すると、これにはニミッツも、俄然眉をひそめた。

――だとすれば、五月三〇日にはパール・ハーバーから出港させる必要があるな……。

もはや事態は切迫していた。ニミッツが眉をひそめたとおり、五月二七日に戻って来るフレッチャー部隊には、わずか三日の準備期間しか与えることができないのであった。

しかし、不屈の信念をもつニミッツは、断じてあきらめようとはしなかった。

――わずか三日か……。しかし、やるだけのことはやってやる！

チェスター・W・ニミッツはあらためて自分にそう言い聞かせていた。

2

空母「ヨークタウン」と「ホーネット」は予定どおり五月二六日の正午前に入港し、パール・ハーバーへ戻って来た。

それはよかったが、ニミッツの計画には端から暗雲が垂れ込めることになる。

長期にわたる海上勤務がたたって、空母部隊の指揮官として最も頼りになるウィリアム・F・ハルゼー中将が、なんと皮膚病を患ってしまっていたのである。

ニミッツはハルゼーに会うやいなや〝これじゃ出撃は不可能だ！〟と直感した。ハルゼーは軍服がぶかぶかになるほど痩せており、目のまわりの黒いくまは、痒さのあまり、満足に睡眠も採れていないことを如実に物語っていた。

ニミッツがミッドウェイ戦が近いことを告げると、ハルゼーはその生涯でいまだ味わったことがないほどの落胆を覚えた。

――くっ、「エンタープライズ」の仇討ちを果たす最大のチャンスを逃した！

一〇キロ以上も体重が減っているにもかかわらず、ハルゼーはすがるような思いでなおも出撃を懇願したが、これればかりはニミッツとしても認めるわけにいかなかった。

「気持ちはよくわかる。しかし、軍医長から〝即入院〟のドクター・ストップが掛かっておるのだから、私も許可のしようがない。チャンスはいずれ近いうちにまた来る！　そのときのために今は治療に専念してほしい」

ニミッツにそう諭されて、ようやくハルゼーは出撃をあきらめた。

ハルゼーのリタイアは痛いが、今はとにかくその代わりが要る。ニミッツは自身でそれを決めるべきところだが、ここはハルゼーの眼鏡を信じてその考えを尊重しようと思った。

「代わりを、きみ自身に推薦してもらいたい」

するとハルゼーは即座に言い切った。

「それなら〝レイ〟がよい。性格はおれと正反対だが、内に秘めたファイトがある。必ず同じようにやるよ」

レイとは、いわずと知れたレイモンド・A・スプルーアンス少将のことである。スプルーアンスは、開戦以来ずっとハルゼー自身の指揮下で重巡部隊を率いてきたので〝おれのやり方をきっちり理解している〟と思い、ハルゼーは一も二もなくその名を挙げた。

スプルーアンスは沈着冷静なタイプだが、たしかに内に秘めたファイトがある。ニミッツもスプルーアンスのことを高く買っていたので、即座に同意した。

「なるほど、それはよいかもしれない。よし、レイでいこう！」

ニミッツがそう返すと、ハルゼーはめずらしく笑みをつくってみせ、何度もうなずいた。

この日・朝。レイモンド・A・スプルーアンスはその旗艦・重巡「ペンサコラ」でパール・ハーバーに入港していた。

繋留《けいりゅう》が終わると、彼はすぐ「ヨークタウン」へ行ってハルゼー中将が太平洋艦隊司令部から戻って来るのを待っていた。が、ハルゼーはそのまま入院し、スプルーアンスは急遽ニミッツ大将から呼び出しを受けた。

「きみがハルゼーの後任になった。日本軍がミッドウェイを狙っている。なにせ、時間がない。明後日（二八日）には『ヨークタウン』に乗って出港してもらうが、フレッチャーが明日パール・ハーバーへ戻って来るから、作戦について話し合う機会があるだろう」

ニミッツからそう聞かされて、スプルーアンスは内心驚いたが、いつものようにポーカー・フェイスを決め込んで、そのあと情報部員から詳しい状況説明を聞いた。

ニミッツの執務室を辞したスプルーアンスはすぐその足で、入院したばかりのハルゼーのもとへ向かった。

「ご推薦ありがとうございます。ですが私は、空母部隊を率いた経験がありません」

「いや、関係ない。……きみはずっと私に付いてきた。やるべきことはこれまでと同じだ。ジャップの空母を探し出し、それを徹底的に叩く。それ以外のこまかいことはブローニングに任せておけば、なにも問題ない」

ハルゼーがそう返すと、スプルーアンスはこくりとうなずき、俄然勇気を得た。

ハルゼーが言うブローニングとは、生粋の航空屋で、第一六任務部隊（ハルゼー機動部隊）の参謀長を務めるマイルズ・R・ブローニング大佐のことだった。

ハルゼーとスプルーアンスの性格はじつに対照的だが、二人はなぜかウマが合う。

ハルゼーが思考より行動を優先する豪傑型であるのに対して、スプルーアンスは行動より冷静かつ集中的な思考を優先する。ハルゼーは想像力と情に訴えるタイプだが、スプルーアンスは知性と理に語りかけた。ハルゼーは刺激的かつ華やかな言葉で表現するが、スプルーアンスは簡素で要点を突いた言葉で人に話しかける。

さらに、ハルゼーは艦隊一の酒豪を誇っていたが、スプルーアンスは酒に呑まれたようなことは一度もなかった。

スプルーアンスはやせ型で、高い額から彫り込まれたその目は海のように澄んでいた。一点のくもりもない。彼は本能的に自己宣伝を嫌い、新聞記者のインタビューなども拒絶するので、とても愛想がよいとはいえなかった。

その反面、大胆なところはあった。敵に向かって恐れず挑戦するし、戦に対するふしぎな勘のようなものを持っていた。ものごとの本質を見抜く力があるようで、普段は無口なスプルーアンスがひとたび言葉を発すると、その確固たる意志が相手にも伝わり、説得力にあふれていた。

海軍の一部の同僚は、スプルーアンスのことをユーモアのセンスがない〝冷たい魚のようなヤツだ〟と思っていたが、ニミッツは、普段はおとなしいが〝勇気ある男〟として、スプルーアンスのことを高く評価していたのである。

3

半身不随となった二隻のアメリカ軍空母「サラトガ」と「ワスプ」が、じつにゆっくりとしたスピードでパール・ハーバーに入港したのは、五月二七日・午後二時過ぎのことだった。

フランク・J・フレッチャー少将を乗せた旗艦重巡「ヴィンセンス」は午後二時二〇分に湾内へ入り、錨地《びょうち》へ停泊しようとしたときに通信参謀がフレッチャーに告げた。

「ニミッツ長官がお呼びです」

フレッチャーはこれにうなずいたが、上陸後に彼が真っ先にやったことは、ハイ・ボールを飲み干すことだった。

「いけません！　至急の要件だそうです！」

幕僚はそう言って止めたが、フレッチャーはまったく聞く耳を持たなかった。

「いや、一杯飲むのが先だ！」

酒の補給を終えたフレッチャーは、巡洋艦部隊司令官のウィリアム・W・スミス少将と連れ立って、ニミッツ大将の司令部へ出頭した。

その表情はいつもどおり穏やかだったが、ニミッツは単刀直入に切り出した。

「空母『ワスプ』と『サラトガ』を即刻修理してミッドウェイに出す必要がある！」

フレッチャーは思わず目をまるくして、とっさに聞き返した。

「み、ミッドウェイですと？」

「そうだ。ミッドウェイだ」

ニミッツはきっぱりと言い切ったが、フレッチャーはさらに質問せざるをえなかった。

「……わ、『ワスプ』だけならまだしも、『サラトガ』もですか？」

「ああ。日本の空母は六隻。対抗するには『サラトガ』もぜひ出す必要がある！」

これを聞いて、フレッチャーはいっぺんに酔いがさめた。

――「サラトガ」を出すなんてむちゃだ。修理にはおそらく、半年近くは掛かるぞ……。

フレッチャーはそう思い絶句したが、ニミッツはかまわず続けた。

「ハルゼーは入院した。スプルーアンスが代わって指揮を執るが、レイは明朝、出港するので、今日中に情報を検討し、計画を立てておく必要がある。作戦会議は午後五時だ。よいな」

フレッチャーは是非もなく、これにうなずくしかなかった。

フレッチャーにそう告げるや、ニミッツはただちに工廠へ向かい、その眼で「ワスプ」と「サラトガ」の被害状況を確かめた。

空母「サラトガ」と「ワスプ」は一旦トンガプタ島の泊地に投錨し、応急修理を受けた上でパール・ハーバーへ帰港していた。

両空母とも船体に亀裂を生じ、重油の流出を応急修理でおさえたものの、トンガプタ島へ寄港したときにはほとんど燃料を使い果たしていた。油槽船「ネオショー」を失っていたことがその最たる原因だった。空母「サラトガ」と「ワスプ」は運よく同地でイギリス商船から給油を受け、それでなんとか予定どおりにパール・ハーバーへ戻って来ることができた。

パール・ハーバーには大型艦用のドックが二つあり、工廠設備はようやく復旧されていた。

両空母はすでに入渠しようとしている。ニミッツが工廠責任者に確認したところ、空母「サラトガ」の復旧には最低でも四ヵ月は必要であり、空母「ワスプ」のほうも復旧に少なくとも二ヵ月は掛かるという答えが返ってきた。

だが、トンガプタ島で実施した応急修理のおかげで、「サラトガ」は時速二五ノットでの航行が可能となっており、「ワスプ」も時速二四ノットの速力を発揮できるようになっていた。

しかも「ワスプ」のほうは〝戦闘行動に支障がない〟と聞かされていたので、ニミッツはなんとしても三日以内に〝両空母とも〟修理を完了するよう、工廠責任者にあらためてねじ込んだ。

まったくむちゃな要求にちがいないが、それでも工廠責任者は精いっぱいの譲歩を示し、顔を真っ赤にしながら答えた。

「わかりました。『ワスプ』のほうはなんとかしてみましょう。ですが、『サラトガ』を三日で修理することなど、とても不可能です」

「絶対に無理かね？」

ニミッツはさらに押したが、工廠責任者はきっぱりと断った。

「無理です！『サラトガ』は第二、第四、第六ボイラー室が雷撃による浸水で水びたしとなっております。そのため機関の大幅な改修、もしくは換装が必要で、とても三日で修理することなどできません！」

しかし、過去に工廠勤めの経験をもつニミッツは、さらに質問をかさねた。

「うむ。機関の改修を三日でやるのはたしかに無理だろうが、なんとか艦の傾斜を元にもどすことはできないかね？」

左舷に魚雷二本を喰らった「サラトガ」はいまだに左へ四度ほど傾いていた。

「はあ……。まあ、傾斜をなおすことは可能でしょうが……」

「可能だが、なんだね?」

ニミッツがすかさず突っ込むと、工廠責任者はややあってから答えた。

「空母二隻を同時に修理するにはやはりどうしても人手が足りません。そこで……、お尋ねしますが、戦艦『ネヴァダ』の復旧工事を一時中断してもかまいませんか?」

日本軍のパール・ハーバー奇襲によって損傷した戦艦八隻のうち、比較的軽微な損害で済んでいた戦艦「ペンシルヴァニア」「テネシー」「メリーランド」の三隻はすでに応急修理の上、アメリカ本土西海岸の工廠へ回航されていた。

いっぽうで、重大な損害を受けた戦艦「カリフォルニア」「オクラホマ」「アリゾナ」「ウェストヴァージニア」の四隻は、まったく手付かずの状態で放置されており、いまだに浮揚作業もおこなわれていなかった。

ニミッツが港湾施設や工廠などの復旧を優先したためである。結局、これらの基盤整備をおこなうのに五ヵ月近くもの月日を要した。

そして大破したものの、さほど重大な損害を受けていなかった戦艦「ネヴァダ」の修理が、工廠の復旧が成るとともに、つい二週間ほど前からようやく開始されたところだった。

——旧式戦艦の修理など後回しでよい! それより断然『サラトガ』だ!

そう考えたニミッツは、一も二もなく工廠責任者の提案にうなずいた。

「ああ、全然かまわん！　『ネヴァダ』の工事を中断し、『サラトガ』の修理をぜひとも優先してもらいたい！」

これでやっと話がまとまった。工廠関係者はまさにその直後から昼夜兼行で働きだし、空母「サラトガ」と「ワスプ」の修理が猛烈ないきおいで始まった。

けれども、これで一安心というわけにはいかない。次は作戦会議だ。ニミッツは司令部へ飛んで帰ったが、時刻はすでに午後六時三〇分をまわっていた。

4

ニミッツ長官の姿を認めるや、フレッチャー少将が真っ先に訊いた。

「はたして『サラトガ』は間に合いますか？」

作戦室にはすでにスプルーアンス少将、参謀長ミロ・F・ドレーメル少将、情報参謀レイトン大佐の姿もあった。参加者はニミッツ自身をふくめて五名だ。一同の顔を見渡すと、ニミッツはフレッチャーの質問にゆっくり答えた。

「もちろん間に合わせる。傾斜は必ず復元すると約束してくれたが、『サラトガ』は当面のあいだ二五ノットしか出せない」

「しかし、そのような状態で出撃できますか？」

フレッチャーがさらにそう訊くと、ニミッツは真剣な表情で答えた。

「通常航行に支障はない。だが、爆弾や魚雷がさらに一発でも命中すれば、『サラトガ』はたちどころに危険な状態におちいるだろう。だから戦闘機のみを搭載して出撃させるつもりだ」

フレッチャーが首をかしげてこれになにか返そうとすると、ニミッツはそれをさえぎり、先に宣言した。

「だからきみは、旗艦を『サラトガ』から『ワスプ』に変更して出撃したまえ。『サラトガ』は他の三空母と行動をともにするが、攻撃には参加させず、すこし後ろへ下げて防空専用の空母として使うことになる」

その意味をみなに周知させるため、ニミッツは、各母艦における搭載機の配分をここであきらかにした。

空母「ワスプ」　　　　搭載機数・計七二機
（艦戦一八、艦爆四二、雷撃機一二）
空母「サラトガ」　　搭載機数・計五四機
（艦戦五四、艦爆なし、雷撃機なし）
空母「ヨークタウン」　搭載機数・計七八機
（艦戦一八、艦爆四二、雷撃機一八）
空母「ホーネット」　搭載機数・計七八機
（艦戦一八、艦爆四二、雷撃機一八）

空母四隻の航空兵力はF4Fワイルドキャット戦闘機一〇八機、SBDドーントレス急降下爆撃機一二六機、TBDデヴァステイター雷撃機四八機の計二八二機。

これにミッドウェイ基地航空隊のおよそ七〇機を加えると、日本軍機動部隊との戦いに動員できる味方航空兵力は「三五〇機余りになる」とニミッツは付け加えた。

ニミッツがさらに続ける。

「つまり『サラトガ』は爆弾や魚雷などの危険物を一切搭載せずに出撃することになる」

するとこの配分を見て、フレッチャーが確認のために質問した。

「他の三空母の戦闘機が少なく、あきらかに急降下爆撃機が多いように思いますが……」

先の「サンゴ海海戦」で航空兵力を大きく消耗した「サラトガ」は、この時点で固有の艦載機を戦闘機一二機、急降下爆撃機一八機、雷撃機一二機の計四二機しか準備できなかった。そのことをふまえた上でニミッツが説明した。

「うむ。だから『サラトガ』の固有の攻撃機であるドーントレス一八機とデヴァステイター一二機を三空母へ移すことにした。『ワスプ』『ヨークタウン』『ホーネット』にそれぞれドーントレス六機ずつを移し、同じくデヴァステイター四機ずつをそれら三空母へ移すことになる」

ニミッツがさらに続ける。

「そして、『サラトガ』には反対に、それら三空母からワイルドキャット一〇機ずつを移すことにし、『サラトガ』固有の一二機に海兵隊から徴収したワイルドキャット一二機を加えて計五四機の戦闘機を積むことにしたのだ。……傷付いた『サラトガ』を出撃させるようなことは本来なら私もやりたくない。だが、日本の空母六隻はおそらく三五〇機以上の艦載機を保有しているだろう。それに充分な自信を持って戦いを挑むには、やはりこちらも三五〇機以上を戦いに動員したい。ミッドウェイにかき集める約七〇機をふくめても、ようやく三五〇機だ。だから『サラトガ』の出撃は絶対に欠かせない！」

これは、ミッドウェイをなんとしても〝護り切るのだ！〟という、チェスター・W・ニミッツの決意表明にほかならなかった。

長官がすでにそう決意した以上は、フレッチャーも〝それに従うまで！〟といよいよ覚悟を肚に据えた。

──なるほど。ミッドウェイへ出撃してゆくわれわれに、日本軍と同等の航空兵力を持たしてやろうというのだな……。

そう思いフレッチャーがうなずくと、ニミッツがあらためて言及した。

「二五ノットしか出せない『サラトガ』は使いづらいだろうが、そこをなんとか工夫して、うまくやってもらいたい」

「……わかりました。『ワスプ』一隻だけで出るよりも、『サラトガ』搭載の五四機も在ったほうが、そりゃ私もありがたい」

フレッチャーがそう応じると、ニミッツもそれに深々とうなずいてみせたのである。

第一七任務部隊　指揮官　フレッチャー少将
　空母群司令官　フレッチャー少将直率
　　空母「ワスプ」「サラトガ」
　巡洋艦群司令官　W・W・スミス少将
　　重巡「ヴィンセンス」「ポートランド」
　　　「チェスター」「サンフランシスコ」
　付属駆逐艦群　駆逐艦八隻　油槽船一隻
第一六任務部隊　指揮官　スプルーアンス少将
　空母群司令官　スプルーアンス少将直率
　　空母「ヨークタウン」「ホーネット」
　巡洋艦群司令官　T・C・キンケイド少将
　　重巡「ミネアポリス」「ニューオリンズ」
　　　「ペンサコラ」「ソルトレイクシティ」
　付属駆逐艦群　駆逐艦九隻　油槽船一隻

　こうして空母「サラトガ」のミッドウェイ作戦への参加も決まり、アメリカ海軍機動部隊は、空母四隻、重巡八隻、駆逐艦一七隻、油槽船二隻の陣容となった。

　また、ニミッツ大将はみずからミッドウェイ島へ足を運び、基地司令のシリル・T・シマード大佐に対して、およそ一一〇機におよぶ陸海軍機の配備を約束していた。

　ミッドウェイ基地航空隊司令　シマード大佐
　　PBYカタリナ飛行艇三二機。
・海兵隊機／計六〇機
（戦闘機）F2A二〇機、F4F七機
（爆撃機）SB2U一一機、SBD一六機
（雷撃機）TBF六機
・陸軍機／B17一七機、B26四機

　飛行艇はおよそ索敵にしか使えないが、陸軍からも爆撃機二一機の応援を得ることができ、これでミッドウェイ基地航空隊は海兵隊機の六〇機と合わせて、八一機の陸海軍機を日本軍機動部隊との戦いに投入できることとなった。

　第一七、一六任務部隊の艦載機二八二機を加えると、戦闘に動員できるアメリカ陸海軍機は全部で三六三機だ。

　ニミッツは会議の最後に、フレッチャーとスプルーアンスに対して強調した。

「敵機動部隊はミッドウェイの北西から迫って来ると思われる。わがほうの執るべき策はこれに奇襲を仕掛けることだ。わが艦隊は敵とミッドウェイのあいだに挟まれてはならない。全力を尽くし敵の側面から先手を取って攻撃すべきだ！」

勝負のカギは奇襲が成功するかどうかに掛かっていた。およそ劣勢なフレッチャー、スプルーアンス両部隊が漫然と正面から攻撃に打って出たならば十中八九、惨敗に終わるであろう。俊敏な猛犬が狼を追い払うように、敵の側面からすばやく飛び掛かってはじめて、アメリカ軍が勝利を見出せるのだった。

「くどいようだが、敵の仕掛けた罠にはまってはならない。仕掛けられたチーズを、罠が作動しないように少しずつかじるネズミのごとく、敵の側面から慎重に接近し、一気に攻撃を仕掛ける必要がある」

ニミッツはさらにそう念を押すと、作戦図上のある一点を指して言った。

「両任務部隊は六月二日・夜には北緯三二度、西経一七三度の洋上で合同することになる」

それはミッドウェイ島の北東およそ三二五海里の洋上で、ニミッツ大将はその合同地点を〝ポイント・ラック〟と名付けた。

両任務部隊の統一指揮はフレッチャー少将が執ることになる。スプルーアンスにとってはこれが初の空母航空戦になるが、彼がこの重責に圧しつぶされるようなことはなかった。

――敵を求め、敵を発見したら、使用可能な全兵力でただちに攻撃せよ！

スプルーアンスはニミッツ長官の指示を聞きながら、ハルゼー中将の言葉を思い出し、ひそかに闘志を燃やしていた。

明くる五月二八日。スプルーアンス少将の旗艦空母「ヨークタウン」は、空母「ホーネット」を後方に従えてパール・ハーバーから出撃して行った。ハワイ時間で正午過ぎのことだった。

5

第一六任務部隊がパール・ハーバーから出撃したころ、工廠では昼夜の別なく「サラトガ」「ワスプ」の修理に懸命の努力が続けられていた。リベット工は甲高い機関銃のようなリベット打ちの音を響かせ、溶接工は電気溶接の火花を飛び散らしている。

それら作業員がわずかな休みもなく働き続けた結果、空母「ワスプ」はみるみる生気を取りもどし、空母「サラトガ」の船体もおよそ修復されていった。工員の多くがそれらしい文句も言わずに働くのは〝ここが対日戦の踏ん張りどころ〟と直感し、ニミッツのふしぎな統率力が彼らの背中を押しているのにちがいなかった。

夜が明けても工員は作業を続けていたが、「ワスプ」が入渠している第一ドックには早くも注水が始まった。

注水が終わると、空母「ワスプ」はしずしずとドックからひき出され、所定のバースに繋留されて、ただちに重油の補給と艦載機の積み込みが開始された。もはや「ワスプ」は航空母艦としての本来の姿を取りもどしつつあるが、艦内ではまだ修理が続いている。

空母「ワスプ」の修理はようやく半分ほど終わったばかりだ。しかしこのままのペースで修理を続ければ、翌・三〇日には出撃可能であることはもはや疑いなかった。

作戦上または安全航行に必要のない修理はすべてはぶかれた。また〝艦の外観を整える〟という海軍の伝統も無視された。

海軍工廠が「ワスプ」の修理に着手してからわずか五〇時間ほどで、破壊された同艦の損傷個所は、そのほとんどが以前と同じ強度、同じ部材で修復された。

が、まだ万全ではない。「ワスプ」は速度を上げて航行しながら艦載機の発着艦テストを実施する必要がある。被弾したあと、火災による黒煙とガスでボイラー員は持ち場から脱出せざるをえなかったが、機関の損害は軽微で、同艦は再び速力二九ノットを発揮できそうだった。

いっぽう、「サラトガ」の修理はそう簡単ではなかった。

傾斜は見事に復元されたが、メイン甲板下のすべての水密扉や昇降口を修理して水密検査を実施したところ、はたして漏洩個所が見つかり、これでは〝出港できない〟との判定が下された。

それが三〇日・午前零時のこと。予定の出港時間はすでに八時間後に迫っていたが、空母「サラトガ」はさらに、伸張した金属隔壁や雑仕切りなどをすべて取り換えて、二度目の水密検査でようやく出撃の許可が下りた。が、追加工事におよそ八時間を要してしまい、「サラトガ」が発着艦テストなどを終えて出港準備を万事、完了したのは三〇日・午後四時のことだった。

ニミッツ大将もフレッチャー少将も気が気でなかったが、正午ごろには「サラトガ」出港の目途が付き、二人はその報告を受けてようやく安堵の表情をうかべた。

午後三時には空母「ワスプ」がまず出港を開始し、「サラトガ」はそれを追い掛けるようにして部隊のしんがりで出港。ニミッツ大将は出港してゆく「サラトガ」を最後まで見送っていた。

そして、第一七任務部隊の全艦艇が午後五時までに太平洋へ打って出たが、フレッチャー少将はおよそ八時間の後れを取りもどすために、六四時間（二日＋一六時間）にわたって部隊の進軍速度を一八ノットに上げ続けるしかなかった。

当初の予定では時速一六ノットで北上する計画になっていたが、それではポイント・ラックでの合同に間に合わず、フレッチャー少将はニミッツ大将の同意を得た上で、部隊の速度を上げることにした。そのため油槽船「シマロン」は最大速度での航行を余儀なくされたが、速度増加で重油を浪費しただけに給油に欠かせない「シマロン」を後方へ置き去りにすることはできず、一八ノットでの北上はまさにぎりぎりの選択だった。

蛇足だが、一六ノットで八時間の後れは距離に換算すると一二八海里（一六×八）になる。

この後れを、二ノットの増速で取りもどすには六四時間（一二八÷二）掛かるのであった。

パール・ハーバーを出港してからおよそ六四時間後の、六月二日・午前九時になって、第一七任務部隊の後れはようやく解消された。

油槽船「シマロン」は、最大で一八ノットの速力しか発揮できないが、部隊の後方へきっちりと付いて来ている。さすがに油槽船だけのことはあり、「シマロン」は二万四〇〇〇海里もの航続力を有し、重油は〝たっぷり残っている〟とフレッチャー司令部に報告された。

――よし！　これで八時間の後れはすっかり取りもどした！

そう確信するや、フレッチャー少将はただちに部隊の進撃速度を、時速一六ノットに落とすよう命じた。

そして、それからおよそ一〇時間後の六月二日午後七時、フレッチャー少将の率いる第一七任務部隊とスプルーアンス少将の率いる第一六任務部隊は、集合地点「ポイント・ラック」での合同を見事に成し遂げた。

合同の直前にスプルーアンス少将は麾下全艦艇に対してふたつの信号を送信した。

『ミッドウェイ攻略を目的とする敵の攻撃が予想される。敵兵力は空母六隻を主力とする機動部隊である。わが第一六および第一七任務部隊の所在が敵に知られなければ、われわれはミッドウェイの北東洋上から敵に対して側面から奇襲攻撃を掛けることができるであろう。その後の作戦は、わが部隊およびミッドウェイ部隊による戦果ならびに敵部隊の動向に関する情報にもとづいて、決定される』

『今や開始されようとしているこの作戦が成功するか否かは、わが国にとって重大な影響を及ぼすことになろう。敵機の攻撃によって空母が分離した場合でも、各空母はたがいに視界内にとどまるように努めよ！』

スプルーアンスの意志はすべてこの信号に凝縮されていた。美辞麗句のない事務的な表現、過信もなければ恐怖もない平静そのものが、彼の真骨頂であった。

いっぽう、フレッチャーは先任指揮官として両部隊を指揮することになっていたが、実際にはスプルーアンスのやり方を尊重するように努めていた。完全には合同せず、両任務部隊は引き続き空母二隻ずつの態勢を維持して戦いに臨む。

――味方の被害を局限するには、レイを信じて、それぞれ独自に行動するほうがよい！

しかし完全に離れて行動するわけではない。隊内電話（超短波無線）でいつでも連絡の取れる距離を維持しつつ、独自に行動する。アメリカ海軍は「艦対艦」「艦対空」「空対空」の優秀な電話装置をすでに実用化しており、それを最大限に活かして作戦するのだ。

まもなくフレッチャーの考えはスプルーアンスにも伝わり、アメリカ海軍の主力空母四隻はまさに歩調を合わせるようにして、日本軍機動部隊の出現が予想される、南西方面へ向けてゆっくりと航行し始めた。

それは日本時間で六月三日・午後三時過ぎ、ミッドウェイ現地時間で六月二日・午後六時過ぎのことだった。

第七章　いざ、ミッドウェイ沖へ

1

瀬戸内海から帝国海軍の大艦隊が次々と出撃してゆく勇壮な光景は、それを見おくる人々の眼を魅了した。

連合艦隊司令長官の山本五十六大将麾下、「MI作戦」に参加する帝国海軍の戦闘艦は戦艦一一隻、空母六隻、軽空母三隻、重巡一二隻、軽巡八隻、駆逐艦七二隻。

練習空母や水上機母艦、特設巡洋艦などの補助艦艇を数に含めると、その総数は優に一二〇隻を超えている。油槽船や上陸部隊を乗せた船団なども加えると、総勢一四〇隻以上だ。

しかも、大・小空母一〇隻の搭載する艦載機は全部で四八〇機を超えている。

これらの艦載機や戦闘艦がもし、すべて「ミッドウェイ攻略作戦」のみに集中されていたとすれば、さしものチェスター・W・ニミッツ大将もおそらく、ミッドウェイの防衛を早々とあきらめていたことだろう。

だが、帝国海軍の艦艇は、実際には北太平洋で大きく分散することになっていた。

ニミッツ大将が差し向けた米艦隊と実際に対決することになるのは、南雲忠一中将の第一機動部隊のみといっても過言ではない。

その兵力は主力空母五隻、軽空母一隻、戦艦三隻、重巡二隻、軽巡一隻、駆逐艦一二隻の計二四隻でしかなかった。

空母の数こそ日本側が上まわっているが、航空兵力はほぼ拮抗している。いや、飛行艇なども含めると、航空兵力はかえって米側のほうが優勢であった。米艦隊に戦艦は一隻も存在しないが、重巡は八隻も在る。さらに駆逐艦の数は米側のほうが上まわっていた。

瀬戸内海から真っ先に出撃したのは、まさしく南雲忠一中将の率いる第一機動部隊だった。

その先頭で第一〇戦隊の旗艦・軽巡「長良」が進み、第一線級の駆逐艦一二隻がそれに続いている。すべて陽炎型駆逐艦で最大速力・時速三五ノット、帝国海軍の数ある駆逐艦のなかで陽炎型は最も航続力にめぐまれていた。

その後方には重巡「利根」「筑摩」が続き、高速戦艦「霧島」「榛名」がさらに続いている。利根型重巡は水偵の運用能力に優れ、周知のとおり戦艦「霧島」は対空見張り用レーダー「一号二型改」を装備していた。

そして、その後方に空母六隻が一本棒となって連なっている。狭い水道を通過するためだが、むろん太平洋に打って出たあとは輪形陣を組むことになる。母艦搭乗員の技量はみな高く、ほぼ開戦時の水準を維持している。中国戦線から補充された者やこの作戦で初陣を飾る者もいたが、それら新加入の搭乗員は、二ヵ月以上にわたって内地で猛訓練をくり返していた。

第一航空戦隊の軽空母「瑞鳳」は補助的に使われる予定だが、残る五隻の主力空母はすべて三〇ノット以上の速力を発揮できる。

五空母とも艦載機の運用能力は充分だし、搭乗員の技量の高さにも支えられて、南雲・第一機動部隊はこの時点で、まぎれもなく〝世界最強〟の艦隊にちがいなかった。最新型の対空見張り用レーダー「二号三型改」を装備する「大和」もその一翼を担っている。防御力、砲撃力とも、世界のどの戦闘艦よりも勝っている。唯一「大和」に対抗可能な艦があるとすれば、それは米海軍のアイオワ型戦艦だろうが、一番艦の「アイオワ」が竣工するのは一九四三年二月のこと。この時点で戦艦「大和」は、世界の数ある戦闘艦をことごとく凌駕していた。

戦艦「大和」は空母群の真後ろ、部隊のまさに最後尾で太平洋へ打って出ようとしていた。

いうまでもなく「大和」には南雲忠一中将の将旗がはためいている。

瀬戸内海を行きかう漁船の乗組員は歓声を挙げて「大和」に手を振り、通りすがる小島の浜辺では、どこで聞き付けたか、子供が小さな日の丸を力いっぱい振って見送りに来ていた。

子供らは、艦上から突き出た四六センチ砲の長大な砲身と、艦橋頂部に在る、鋭く洗練された最新型兵器を交互に見くらべて、羨望のまなざしを向けている。

いや、子供ばかりではない。立派な大人でさえ戦艦「大和」の威容に見惚れ、好奇のまなざしを向けていた。

「あのてっぺんのやつから〝光線かなにか〟が出て、敵のフネをやっつけるのか？」

「バカ。いまや戦争も飛行機の時代だ。……あれはレーダーといってな。電波で敵の飛行機を真っ先に見つけ出すんだ」

なかには仕事をほっぽり出して、佐田岬の先まで付いて来る漁船もいるほどだった。

レーダーはまちがいなく作動している。

豊後水道を通過するころから、対潜哨戒機を飛ばして部隊周辺の警戒に当たらせていたが、「大和」の新型レーダーはそれら友軍機の機影をきっちりと捉えていた。

情報参謀に就任した中島親孝少佐自身が、レーダーに映った機影をしっかり確認していたが、上機嫌にはたらいているレーダーとは正反対に、中島の機嫌は概して良くなかった。

一週間ほど前から中島は、草鹿参謀長に対して注意をうながしていた。

「このところオアフ島のうごきが活発です。三日ほど前から通信が頻繁になり、傍受した敵信のなかには緊急電も多数ふくまれております」

だが、草鹿参謀長の反応はにぶかった。

「そうか……。長官にはそのむね伝えておく」

まったく切迫感が感じられず、中島はさらに言及した。

「敵はわがほうのうごきを察知して迎撃の準備を進めているものと思われます。おそらく空母を出して来るのではないでしょうか……。こちらも対応を協議すべきでは……」

ところが草鹿は、中島の言葉をさえぎり、傲然と言い放った。

「もし敵空母が出てくりゃ、そりゃ占めたもんじゃないか！」

別の日には中島に代わって、通信参謀の小野寛治郎少佐も草鹿参謀長と大石首席参謀に向かって注意をうながしたが、会議を招集するなどの対応は、まったく執られなかった。

――もしかすると、「大和」という艦は、人を堕落させるのではないか……。

中島はそう思ったほどだが、南雲長官と草鹿参謀長が上機嫌なことだけはたしかだった。

いざ〝出撃〟となったこの期に及んでも、長官と参謀長は、前方を航行する味方空母六隻を「大和」の艦橋から悠然と見下ろし、今から〝戦場へ赴くんだ〟というような緊迫感はほとんど感じられない。

実際、草鹿龍之介少将は、空母が出て来る可能性について否定はしなかったが、敵空母がミッドウェイ方面に現れる可能性は〝きわめて低いだろう〟と予想していた。

それには草鹿なりに歴とした根拠があった。

五月一五日には、日本の索敵機が、南太平洋で行動中の米空母二隻を発見していた。

その二隻は空母「ヨークタウン」と「ホーネット」だったが、草鹿は、米軍が〝主戦場〟とみなしているのは依然豪州方面であり、だからこそ米空母二隻は〝南太平洋で行動しているのにちがいない〟と判断していたのだった。

先の「サンゴ海海戦」では、出て来た米空母二隻のうちの一隻は確実に撃破しており、三航戦が深手を負わせたその米空母は現在〝修理中にちがいない〟と帝国海軍のだれもがそうみていた。

いや、報告によると、もう一隻の米空母にもかなりの手傷を負わせたはずだから、三航戦と戦った米空母は現在〝二隻とも修理中である可能性が高い〟というのが大方の見方だった。

そして草鹿は、三航戦に撃破された二空母の穴埋めをするために、新たな空母二隻が〝南太平洋へ進出して来た〟と考えていたのである。

――五月一五日に南太平洋で発見された二隻の米空母は、おそらく東京を空襲して来た二隻にちがいない。これら二隻がわずか三週間足らずでミッドウェイ方面へ取って返すとはとても考えられん。物理的には不可能じゃないだろうが、まさにぎりぎりの強行軍となり、わが「ＭＩ作戦」が完全に読まれでもしていないかぎり、現実的には米空母二隻がミッドウェイ方面へやって来るのはほとんど不可能だ……。

まもなくして、第一機動部隊は太平洋へ打って出たが、南雲中将自身の考えは草鹿少将の考えとまったく同じであった。

――作戦可能な米空母は二隻。敵はミッドウェイを放棄する可能性が高い。

ところが、空母「翔鶴」に座乗する、山口多聞少将の考えはおよそちがった。

――連合艦隊の計画は奇襲が大前提となっているが、今回はあろうことか床屋のおやじまでもが、次は〝ミッドウェイですね……〟とぬかしやがった。わが計画はすでに漏れており、その点ハワイ作戦のときとは大ちがいだ。ミッドウェイに対する奇襲はまず不可能で、敵はなにを仕掛けてくるかわからんぞ！

山口多聞には在米武官勤務の経歴がある。

米国やその国民性をよく知る山口は、強かな米国人は〝決して油断がならない！〟とみずからに言い聞かせていた。それと山口には、もうひとつ気になることがあった。

――米軍は、わが機動部隊の不在を見透かしたようにして東京を空襲して来た。それに米空母二隻はわが「ＭＯ作戦」を見透かしたようにしてサンゴ海に現れた……。

山口はそう思いながら目をほそめ、あらためてみずからに問い掛けた。

――わが企図は、敵にすっかり筒抜けとなっているのじゃないか……。

これを完全には否定しきれず、山口はいよいよふんどしを締めなおしたが、しかしそんな山口でさえ、現在作戦可能な米空母は〝いくら多くても三隻だろう……〟とみていたのである。

2

日本時間で五月二九日・午前六時。第一機動部隊の出撃から後れることまる二日。連合艦隊の旗艦・戦艦「長門」が瀬戸内海から出撃した。

いうまでもなく「長門」には、山本五十六大将が座乗している。

二時間前にはすでに第二艦隊司令長官・近藤信竹中将の率いる攻略部隊が瀬戸内海から出撃しており、山本大将の率いる主力部隊は全部隊のしんがりで内地から出撃した。

主力部隊は途中、戦艦四隻を基幹とする高須四郎中将の警戒部隊をアリューシャン方面の支援に分離し、戦艦「長門」「陸奥」を基幹とする山本大将の主隊がそのままミッドウェイ方面へ向かうことになっている。

さらに瀬戸内海からだけでなく、マリアナ諸島のサイパン、グアム基地からは、ミッドウェイ島を占領する海軍陸戦隊と陸軍・一木支隊を乗せた船団やそれを護衛する海軍艦艇がすでに出撃しており、ミッドウェイ攻略と併行しておこなわれるアリューシャン作戦の部隊も大湊などの基地からすでに出撃していた。

空前の大作戦となる「MI作戦」がいよいよ本格的にうごき始めた。

まず全部隊の先陣を切って六月三日・早朝（現地時間）に第二機動部隊がダッチ・ハーバーを空襲する。次いでまる一日の間隔を置いて、六月四日・早朝（現地時間）に第一機動部隊がミッドウェイの米軍基地を空襲することになっていた。

もっぱらの関心は米艦隊が迎撃に出て来るかどうかだが、連合艦隊司令部は敵艦隊が真珠湾から出撃して来るのは〝ダッチ・ハーバーを空襲したあとになるだろう〟と予想していた。連合艦隊首席参謀・黒島亀人大佐の計画では、米艦隊がアリューシャン列島沖もしくはミッドウェイ近海へ現れるころには、北太平洋で大きく分散していた帝国海軍の各作戦部隊は、それぞれの戦場ですでに集結を終えているはずだった。


――敵将・ニミッツがミッドウェイを見捨てるとは思えぬ……。同島を救援するために、おそらく敵は、空母をふくむ艦隊を真珠湾から出撃させて来るだろう。

山本五十六自身は、米軍機動部隊は〝出て来る公算が高い！〟とみていたが、それは黒島と同じように〝ダッチ・ハーバー空襲後のことになるだろう〟と予想していた。

肝心の敵空母の数に関しては、山本も、山口多聞と同じように〝多ければ三隻〟と予想していたが、実際に航空戦の指揮を執るのは南雲中将ではなく、航空戦に長けた一航戦司令官の山口少将なので、山本はさほど心配していなかった。

――わが空母は六隻。対する米空母は多くても三隻。味方航空隊の技量はすこぶる高く、負けるようなことはまずなかろう……。

空母兵力は米側のほぼ二倍なので、山本がそう考えるのも当然だったが、第一機動部隊は米軍機動部隊のほかに、ミッドウェイの敵基地航空隊も相手にする必要がある。

ミッドウェイ基地配備の米軍航空兵力に関してはまるで未知数だが、多くても〝一〇〇機程度だろう〟と山本はみていた。

——第一機動部隊は二兎を追うことになるかもしれないが、米軍機動部隊がミッドウェイ近海へ現れるころには、敵・基地航空隊はすでに壊滅しているか、悪くとも五〇機程度に半減しているはずだ……。

そしてなにより、南雲中将の座乗する戦艦「大和」には最新型のレーダーを装備させてある。幕僚の多くが反対したにもかかわらず、山本は惜しげもなく「大和」を南雲にゆずったのだ。

たとえ二兎を追うことになったとしても、レーダーを卒なく活かせば、兵力と搭乗員の質で上まわる第一機動部隊が負けるようなことは、決してないはずだった。

負けるようなことはまずない。だから山本五十六をはじめ連合艦隊司令部幕僚の全員が、第一航空艦隊参謀長の草鹿龍之介少将と同じように〝米空母がミッドウェイ近海へ出て来れば、占めたものだ……〟と思っていた。

じつは、連合艦隊作戦参謀の三和義勇大佐はこのときすでに「長門」の艦上にはいなかった。三和の考えもやはり連合艦隊のほかの幕僚と変わらず、中島親孝から相談を受けると、それにそっけなく返した。

「そりゃ草鹿参謀長の言うとおりだ。このおれも米空母が出て来ることを祈るばかりだ……」

三和大佐にまでそう言われ、情報参謀の中島親孝少佐は戦艦「大和」艦上で、いよいよ孤立感を深めていた。

そのはるか後方の土佐沖では、旗艦・戦艦「長門」をしんがりにして、「MI作戦」に参加する連合艦隊麾下の全艦艇が太平洋上へ繰り出していた。それは日本時間で五月二九日・午後一時三〇分のことだった。

3

南雲忠一中将や山口多聞少将は米空母に関する情報を真に必要としていたが、内地から出撃後そうした情報はまったく入らなかった。

アメリカは一九〇三年に、ミッドウェイを中継基地とする海底ケーブルをホノルル――マニラ間に通しており、米軍はその海底ケーブルを利用して作戦に関する膨大な情報を送っていた。当然ながら日本側がそれを傍受するのは不可能であり、ミッドウェイ米軍基地の状況を日本側が知ることはまったくできなかった。

ただし米軍も、洋上の空母部隊とは無線で連絡を執る必要がある。

帝国海軍もさまざまな手段を講じて米空母の動向を探ろうとしていたが、それらはことごとく失敗していた。

第一に潜水艦である。ミッドウェイ――オアフ島間では第五潜水戦隊の潜水艦三隻が六月二日までに哨戒任務に就く計画となっていたが、それら日本の潜水艦が配置に就いたとき、米軍・第一七任務部隊はすでにその哨戒線を通り過ぎていたのであった。潜水艦による哨戒は失敗した。

第二は山口多聞少将が発案した「K作戦」である。長大な航続力を誇る二式飛行艇をマーシャル諸島の基地から発進させて、フレンチ・フリゲート礁（オアフ島の北西・約四〇〇海里）に潜入させておいた味方潜水艦で、途中、ガソリンの補充をおこない、オアフ島およびその周辺海域をくまなく捜索しようというのだが、肝心の補給地としていたフレンチ・フリゲート礁には米海軍の水上機母艦二隻が先回りして入泊しており、結局、日本の潜水艦は同礁へ近づくことができず、二式飛行艇による「K作戦」もまた失敗に追い込まれていた。

この「K作戦」は日本時間で五月三一日（ハワイ時間では五月三〇日）におこなう計画となっていたので、もし、フレンチ・フリゲート礁での給油に成功しておれば、その二式飛行艇は真珠湾でいまだ修理中の空母「サラトガ」と「ワスプ」を発見していた可能性が高かった。

しかし失敗に終わり、旗艦・空母「翔鶴」艦上で六月一日に〝K作戦中止！〟の知らせを受けた山口少将は、米側のまったくすきのないうごきにいよいよ警戒感をつのらせた。

――そうか、米艦艇が先回りして入泊していたか……。なにやらわがほうは、すべてにおいて後手にまわされているような気がする。やはりこちらの企図は敵に筒抜けとなっているのではあるまいか……。

そして第三に、日本軍・第一機動部隊は天候にも見放されていた。

六月二日から三日・未明に掛けて、第一機動部隊は濃霧に悩まされ、「大和」が航行中の海域は視界が六〇〇メートル以下となっていた。

　南雲中将は部隊間の連絡には探照灯を用いるよう命じていたが、強力な探照灯を使っても信号の交信に困難を感じるほどだった。

　時化《しけ》や濃霧による電波の衰調によって「電波障害」も発生し、さしもの戦艦「大和」も受信能力が極度に低下していた。

　じつは、「大和」のはるか六〇〇海里後方で航行していた「長門」は、このとき（六月二日）さしたる電波障害を受けておらず、「長門」の敵信傍受班は〝敵空母らしき電波の呼出し符号〟をミッドウェイ付近に探知していた。

　これはまぎれもなく、ミッドウェイ北東海域で行動中の〝米空母四隻のうちのいずれか〟が発した電波だったが、霧中航行を余儀なくされていた戦艦「大和」は、折からの電波障害によってそれを傍受することができなかったのだ。


　さらに、ほぼ同じころ、霞ヶ関の軍令部は「長門」に対して、米空母部隊の一部がミッドウェイ近海で行動している可能性があり、おそらく〝待ち伏せ攻撃を準備している〟との重要電報を送っていたが、その電報は、南雲司令部も受信先に指定されていたにもかかわらず、電波障害に悩まされていた「大和」は、その受信にも失敗していたのである。

　かたや戦艦「長門」では、その電報を読んだ山本が、黒島参謀に意見をもとめていた。

「この電報は私の名前か連合艦隊の名前で、南雲部隊に転送したほうがよいのではないか？」

　黒島はすこし考えてから答えた。

「いえ、この電報は第一機動部隊も受信先になっておりますから、同じものを連合艦隊司令部から転送する必要はないと思います」

これに山本が口をすぼめると、黒島はさらに言及した。

「わが部隊は無線封止を実施中ですので、それを破るべきではないと思います」

「大和」が電波障害に悩まされていることをもし知っていたら、山本は黒島の意見を容れなかったかもしれないが、「大和」の置かれている状況は山本にもよくわからなかった。

それに受信能力は「長門」より「大和」のほうが高いはずなので、山本は結局、黒島の意見にうなずいたのである。

こうしてすべての機会が奪われてしまい、南雲忠一や山口多聞は、米空母に関する情報をついに得ることができなかった。

いや、南雲と山口の不運は、じつはそれだけではなかった。

このとき、南雲の旗艦・戦艦「大和」では、航空参謀の源田実中佐が流感に罹って寝込んでいたし、山口の旗艦・空母「翔鶴」でも、航空参謀の淵田美津雄中佐が盲腸炎を患って、術後の安静を強いられていた。

宿敵・米軍を相手に、もうしばらくで一大航空戦を挑もうとしているのに、肝心の航空戦を担当すべき参謀が、二人とも病に伏せってしまったのだから話にならない。

女房役の伊藤清六中佐に向かって、山口は思わずつぶやいた。

「おい。内地を出撃してからというもの、まったく悪い知らせばかりで、良い話を聞いたためしがないな……」

「はい。……なにやら不吉なものを感じます」

山口は黙ってうなずくほかなかった。

4

現地時間の六月三日・早朝には第二機動部隊がダッチ・ハーバー空襲を開始し、「MI作戦」がいよいよ本格的に始動し始めた。

昼前には第二機動部隊の旗艦・空母「隼鷹」から「長門」へ連絡が入り、通信参謀の和田雄四郎《わだゆうしろう》中佐が山本五十六大将に告げた。

「荒天に悩まされながらも、第二機動部隊はまずうまくやっているようです」

「味方の艦艇に損害はないかね？」

「はい。『隼鷹』『龍驤』は無傷ですし、今のところ他艦にも損害はございません」

和田が即答すると、山本はそれにこくりとうなずいてみせた。

アリューシャン作戦の目的は牽制にすぎなかったが、実際、米側が空襲を予想して待ち構えていたにもかかわらず、第二機動部隊はうまくやっていた。四航戦飛行隊は敵の対空砲火を乗り越えて燃料タンク群、無線送受信所、米陸軍兵舎などをおおむね破壊した。

ほかにそれらしい攻撃目標は見当たらなかったが、牽制が目的であることを承知していた第二機動部隊指揮官の山縣中将は、米艦隊を北方へおびき寄せるために、翌・六月四日も部隊を近海にとどめて、再度ダッチ・ハーバーを空襲することにしていた。

この日。山本は「長門」の作戦室で会議をおこなったが、みずからはほとんど話さず幕僚全員に発言するよう促して、それぞれの話が終わるまでじっと聞いていた。

討議中の山本はまさに威厳に満ちていたが、山本自身が米国について言及するときは、きわめて真剣だった。彼は毎日、東京からの放送に耳を傾けていたが、そのニュース放送で米国をバカにしたり、あるいは、帝国海軍を過度に賛美したりするようなことがあると、山本はそれに対して鋭く批判した。

山本自身が高言を忌み嫌っていたし、そのような大言壮語を聞かされると、とたんに〝我慢がならぬ〟といった表情を、あからさまにしてみせるのだった。虫唾《むしず》を走らせる〝天敵の第一〟がほかならぬ、首相の東條英機《とうじょうひでき》だ。

放送のなかで東條が演説を始めるか、もしくはその名前が出ただけでも、山本は東條のことを皮肉の対象にしていた。そういうときの山本は、はっきりものを言う。

東條英機はもったいぶったおしゃべり屋で、総理大臣として、あるいは陸軍大臣としても、まるで中身のない「法外なことを言うやつだ！」と断じるのだった。

「よくもまあ、あれだけツルツルと、中身のない言葉が機械のように出てくるものだ。将来、人造人間が世に出てくりゃ、あれぐらいのことは簡単にしゃべるにちがいない」

舌鋒《ぜっぽう》が鋭すぎるほどだが、山本にはこれぐらいのことを言う資格があるのかもしれなかった。なぜなら、東條のごときの代わりはいくらでもいるが、山本の代わりはおよそおらず、暗殺の対象にされていた。英国は「フォックスレイ作戦」でヒトラーを暗殺しようと計画していたが、東條の場合は米英からも〝組みしやすし〟と捨て置かれていたに相違ない。

山本五十六はかならずしも八時間の睡眠を必要とせず、作戦中でも、渡辺安次中佐を相手に夜おそくまで将棋を指すことがある。それでも朝は決まった時間に起き、睡眠不足になるようなことはほとんどなかった。

そんな山本に対して、ニミッツは、情報参謀のレイトンから、次は〝ミッドウェイです〟と聞かされて以来、夜もろくに眠れない日々を過ごしていた。日本海軍は強大だし、たとえ空母戦で先手を取ることができたとしても、必ず反撃を受けることになるだろう。

しかもワシントンの海軍作戦本部は、敵艦隊の詳細がこれほど手に取るようにわかっているのは出来すぎで、これは日本軍の仕掛けた〝罠ではないか〟としきりに警告していた。

その可能性はもちろん考えられる。

だが、ニミッツはこの情報を信じて〝戦う〟と決め、すでに多くの部下を予定の戦場へ送り込んでいた。これは戦争だから、ひとつまちがえば容赦なく〝死〟が待っている。その責めは、戦いを決断したみずからが負わねばならないのだ。

――やはりこれは罠ではないか⁉

むろん口に出してこそ言わないが、ニミッツがそう思わぬ日はなく、彼はその都度、自問自答してみる。ときには暗号解読班が上げてきた報告書を読みなおしたりしたが、もはや後戻りできないほど、事態は切迫していた。今さら計画を白紙撤回することもできず、結局は開きなおるしかないのであった。

そして、ついに運命の日・六月四日（ハワイ時間）を迎えた。日本軍の罠かどうか、その結論があと数時間で出ようとしていたのである。

5

第一機動部隊の旗艦・戦艦「大和」のマストに戦闘旗が揚がったのは、ミッドウェイ現地時間で六月四日・午前二時四五分のことだった。

それと同時に、第一航空戦隊の旗艦「翔鶴」をはじめとする六空母の艦上では〝総員起こし〟の号令が掛かり、やがて飛行甲板では攻撃機が次々と暖機運転を開始した。

整備員はとっくに起きているのだった。

エンジンの轟音が病室にまで鳴りひびき、これでいよいよ淵田美津雄中佐も寝ておられなくなった。まだ微熱があったが、淵田は飛び起き、急いで軍服に着替えてたどたどしく「翔鶴」の艦橋に上がって行った。

「おう。もういいのかね？」

淵田の姿を認めて、さっそく山口少将が声を掛ける。淵田はやせ我慢で声を張り上げた。

「はっ、大丈夫です！」

これはウソだ。軍医長からの許しはまだ出ていなかった。

「……本当か？」

淵田の蒼ざめた顔をみて、山口は眉をひそめながら聞き返したが、もはやなにがなんでも寝ている場合ではなかった。

「まあ、見させてください」

山口は苦笑し〝しょうがないヤツだ〟と思いながらも黙認した。

「無理はいかんぞ！　が、その顔が在るだけで心強いこともたしかだ」

「……面目ありません」

申し訳なさそうにそう返すと、淵田はまず空を見上げた。暁というにはまだ暗い。空には相当の雲がある。天候はあまり良くないが、飛行に支障はなさそうだった。

海はわりあい穏やかである。

「日の出は何時だい？」

淵田は通信参謀の石黒進少佐にそう訊いた。

「午前一時三七分（ミッドウェイ現地時間では午前四時三七分）です」

淵田は続けて訊いた。

「索敵機はもう出たのかい？」

「いや、第一波攻撃隊と一緒に出ます」

「すると、一段索敵だな？」

「そうです。いつもどおりです」

石黒がそう返すと、淵田はすこし首をひねってからまた訊いた。

「そうすると、ミッドウェイ空襲中に敵艦隊を発見するかもしれない（現にインド洋作戦のときはそうだった）が、その手当はいいのかい？」

するとこれには、首席参謀の伊藤清六中佐が代わって答えた。

「大丈夫だ。第二波攻撃隊は、索敵機が先端に到達するまで出さず、艦上で待機させておくことになっている。江草少佐の降下爆撃隊、村田少佐の雷撃隊、それに板谷少佐の制空隊が艦上でひかえている」

淵田はこの答えを聞いてすぐに納得し、あらためて言及した。

「なるほど、それなら大丈夫ですね。……むしろ敵機動部隊が出て来てくれたほうが、早く片付いていいぐらいですな……」

「うむ。万事ぬかりないよ」

伊藤がそう応じると、淵田はこれにこくりとうなずいた。

第一機動部隊の現在地はミッドウェイ島の北西およそ二四〇海里の洋上。風は南東の微風で、発艦にはもってこいである。

東の空がかすかに明るく、水平線がぼんやりと見分けられる。日の出まであと四〇分だ。

やがて〝搭乗員整列〟の号令が掛かり、搭乗員がどやどやと飛行甲板へ出て来た。各員、愛機の方へ散ってゆく。

まもなくして、空母「翔鶴」は艦首を風上に立て、合成風速を一四メートルとした。残る五空母も速度を上げている。

エンジンが回り始め、青白い炎が排気孔からパッパッと明滅する。やがてごうごうたる爆音が飛行甲板全体を圧した。

空母「翔鶴」からはまず、千早猛彦《ちはやたけひこ》大尉の降下爆撃隊が第一波として発進してゆく。

飛行長にあいさつした千早大尉が今、愛機に飛び乗った。

そして、いよいよ〝発艦はじめ〟の号令が掛かり、エンジンをうならせた一番機の零戦が飛行甲板を滑走し始めた。

一番機はふわりと難なく離艦。続けて二番機がすぐ後を追う。

こうして九機の零戦が次からつぎへと飛び立って行った。

戦闘機の次は艦爆だ。先頭は千早機、二五〇キログラム爆弾一発を抱いて、ゆるゆると動き出した。風防を開けて、千早大尉がニコニコと手を上げている。歓呼の声援に見送られ、降下爆撃隊の艦爆もまた次々と発進して行った。

第一波攻撃隊／攻撃目標・ミッドウェイ基地
　第一航空戦隊　司令官　山口多聞少将
・空母「翔鶴」　零戦九、艦爆二七
・空母「瑞鶴」　零戦九、艦爆二七
・軽空「瑞鳳」　攻撃参加機なし
　第二航空戦隊　司令官　角田覚治少将
・空母「赤城」　零戦九、艦攻二七
・空母「飛龍」　零戦九、艦攻一八
・空母「蒼龍」　零戦九、艦攻一八

　第一波攻撃隊の兵力は零戦四五機、九九式艦爆五四機、九七式艦攻六三機の計一六二機。

　ミッドウェイの敵航空兵力は不明だが、同環礁内・イースタン島の敵飛行場を破壊するにはまず充分な兵力と思われる。

　空母「翔鶴」から降下爆撃隊が発進するのと同時に、残る四空母からも次々と第一波の攻撃機が飛び立った。

　上空には、すでに戦闘機の編隊が出来上がったにちがいなく、赤と青の光がきれいに勢ぞろいしている。

　左に四〇〇〇メートルほど離れて航行している空母「赤城」を眺めると、やはり発艦作業を終えようとしており、小さな蛍のような光が、最後にひとつ飛び出した。しんがりで飛び立った九七式艦攻にちがいない。

　発艦を開始してから約一五分。五隻の空母から飛び立った計一六二機の攻撃機は、艦隊上空をひと巡りするあいだに隊形をととのえ、やがて、けたたましい爆音を残して、薄明るい南東の空へと吸い込まれて行った。

時に午前四時四五分。日本時間では六月五日の午前一時四五分。いよいよミッドウェイ戦の火ぶたが切って落とされた。

第八章　激闘ミッドウェイ海戦

1

一九四二年（昭和一七年）六月四日・ミッドウェイ現地時間で午前四時三〇分（以後はすべてミッドウェイ時間で統一する）――。

　ミッドウェイに対する第一波攻撃隊が発進を開始したころ、戦艦「大和」の艦橋では、病に伏せていた航空甲参謀の源田実中佐がおよそ一週間ぶりにその姿を見せていた。

「おお、大丈夫かね？」

　真っ先に声を掛けたのは南雲長官で、草鹿参謀長も黙って源田の肩に手を置きいたわった。

「どうも長らく寝込みまして済みません。まだ本調子ではありませんが、今日からはいつもどおり働かせていただきます」

　航空戦にはやはり源田実が欠かせない。源田がそう答えると、二人はいかにも安心した様子でうなずいた。

　戦いは今、まさに始まろうとしている。

「ちょうど今しがた、第一波攻撃隊が発進を開始したところです」

　航空乙参謀の吉岡忠一《よしおかただかず》少佐が取りも直さずそう告げると、源田はそれにうなずきながら真っ先に訊き返した。

「索敵はどうなっている？」

「索敵線は一三本です。水偵四機、艦攻九機が第一波と同時に出て行きます」

「ほう、艦攻を九機も出すのか……。まあ、攻撃兵力は減るが、念入りに石橋を叩いておいたほうが無難ではあるな……」

源田がそう返すと、吉岡はこれにこくりとうなずいてわけを説明した。

「いえ、艦攻は〝三機で充分だろう〟と考えていたのですが、じつは山口司令官のほうで六機、追加されたのです」

源田はこれを聞いてすぐにピンときた。

——なるほど。吉岡が立案したにしてはえらく慎重な索敵計画だと思ったが、山口司令官から待ったが掛かったのだな……。

「すると、『瑞鳳』の艦攻九機をすべて索敵に出すのだな？」

「そうです。『瑞鳳』から艦攻九機、それと『利根』『筑摩』から水偵二機ずつです」

源田はそれにうなずいてみせたが、吉岡をなだめるようにして言及した。

「まあ、米艦隊出現の公算は低いだろうが、最初に充分索敵をやり、洋上に敵が居ないことを確かめておけば、第二波の攻撃機も思い切って基地攻撃に使える。……山口司令官のお考えはおそらくそんなところだろう……」

索敵計画のこまかい立案に関しては、南雲長官も草鹿参謀長も大石首席参謀以下の幕僚に任せていた。「大和」司令部はこのとき〝米空母が出て来る公算はきわめて低い〟とみていたが、それは東京の軍令部から最終的に送られてきた敵情報告が、米空母出現の〝算なし！〟と報じていたからであった。

源田が病に伏せていたため、当初の索敵計画は吉岡が立案し、彼は艦攻三機、水偵四機の計七機を索敵に充当するつもりで首席参謀の大石保《おおいしたもつ》中佐から承諾を得ていた。

源田自身が艦橋に居たとしても同じような索敵計画を立案していたにちがいないが、帝国海軍の作戦計画は〝敵に筒抜けになっているのではないか……〟と大いに警戒していた山口少将は、七機では〝いかにも少なすぎる〟とみて、にわかに六機の艦攻を追加していたのだった。

まずは手堅い索敵計画に変更したのはよかったが、ここで山口を憤慨させるような手違いがまたもや生じた。

山口自身（第一航空戦隊）の指揮下に在る、軽空母「瑞鳳」搭載の艦攻九機は、とどこおりなく全機が、午前四時三五分までに索敵に飛び立って行ったが、重巡「利根」がカタパルトの故障で索敵機の発進に手間取ってしまい、水偵一機「利根四号機」が予定より三〇分ほど後れて発進して行ったのだ。同機が発進を完了したのは結局、午前五時過ぎのことだった。

南雲司令部では「利根四号機」の発進の後れを取り立てて問題にするような者はだれもいなかったが、報告を受けた一航戦・空母「翔鶴」艦上では、山口少将がものすごい剣幕で、この遅延を叱責していた。

「相手は米軍だぞ！　これまでの敵とはわけがちがう。このようにたるんだ心構えでは、勝てる戦にも勝てん！　艦隊司令部はいったいそのことがわかっているのかっ⁉」

山口は、索敵に〝七機しか出さない〟という艦隊司令部の計画にそもそも腹を立てていた。

ところが、「大和」司令部は端から〝敵空母出現の算なし〟とみており、警戒感を強める山口の真意がまるで艦隊司令部に伝わらない。山口としても、このようなことでいちいち電波を発し、文句を言うわけにもいかなかった。

怒りの矛先は自然、女房役の伊藤清六中佐に向けられたが、伊藤自身も、米側のうごきをずっと不吉に感じており、山口の叱責にただ同意してみせるしかなかった。

「どうやらわれわれは味方にまで足を引っ張られておりますね……」

「ああ、まったくだ！」

山口は吐き捨てるようにしてそう応じたが、同機の発進の後れはまだマシなほうで、山口はいまだ知る由もなかったが、このとき、さらに重大な手違いが生じようとしていた。

じつは、利根四号機は発進が後れたばかりでなく、本来飛行すべき担当の索敵線よりかなり北寄りの針路で飛んでしまっていた。これでは米艦隊を見逃したとしても自業自得で、発見できるほうがふしぎなくらいである。

そしてさらに重大なことに、重巡「筑摩」発進の「一号機」もまた、決定的な失敗をやらかすことになる。

じつは、米軍・第一七、一六任務部隊は「筑摩一号機」が担当しているその索敵線上でちょうど行動しており、本来なら同機が真っ先に米艦隊を発見するはずであった。

ところが、筑摩一号機に乗る都間《つま》信《まこと》大尉（海兵六六期卒）は、任務が索敵であるにもかかわらず雲上飛行を続けてしまい、案の定、米軍機動部隊を見逃すことになる。

雲の上を飛んでいたのではその下にいる敵艦隊に気づくはずもなく、これは失敗というより、あきらかな職務不履行で、厳罰に処すべき怠慢行為だ。しかも同機は、敵ドーントレス爆撃機と遭遇しながらそのことも報告せず、要するにやる気がまったくないのであった。

味方にまで〝足を引っ張られているようだ〟とつぶやいた伊藤中佐の言葉は、いみじくもまさにそのとおりであり、知勇兼備の闘将・山口多聞も今回ばかりはさすがに、じつに困難な状況へ追い込まれてゆくことになる。

2

実際、山口にしてみれば、今回の作戦は奇妙なことの連続だった。

まず、発進の後れた利根四号機が午前五時一〇分には早くも浮上航行中の敵潜水艦二隻を近くに発見し、次いで、午前五時二〇分過ぎには早くも敵飛行艇が艦隊に接触して来た。しかもその飛行艇は低高度で近づいて来たので、レーダーによる探知も後れた。

「おい。さっきの米軍飛行艇は、わが艦隊の位置をまるで知っていたかのようにして近づいて来たな……」

山口がそうつぶやくと、伊藤や淵田も〝たしかにそのとおりだ〟と思い、黙ってうなずくしかなかった。同じく大胆不敵な敵潜水艦の動きも気になる。二隻の敵潜水艦が発見された場所は第一機動部隊から二五海里と離れていなかった。

まもなくして、敵飛行艇が、かなり高い感度で長文の報告電を発したこともわかった。

もはや第一機動部隊の位置を米側に特定されたのは火を見るよりもあきらかだった。

そのいっぽうで、早朝に出撃して行った第一波攻撃隊はなかなかうまくやっていた。

第一波の指揮官は、空母「赤城」から出撃した友永丈市《ともながじょういち》大尉が務めていた。

友永大尉は赤城水平爆撃隊を直率し、九七式艦攻に乗って出撃している。緒戦の真珠湾攻撃には参加しておらす、今次、対米戦では今回が初陣となる。

友永は海兵五九期卒業、「MI作戦」の直前に赤城飛行隊長に補職されたのだが、中国戦線では腕を鳴らした歴戦の搭乗員であり、運動神経の良いスマートな操縦士官だった。昭和一六年九月に霞ヶ浦航空隊の分隊長となり、しばらく予備航空隊の練度向上にはげんでいた。

じつは、友永の第一波攻撃隊は発進直後から敵PBY飛行艇の追従を受けていた。

その敵飛行艇は気づかれないよう巧みに第一波攻撃隊のあとを付けながら、ミッドウェイ島の約三〇海里手前へ達したとき、一気に友永隊の上空に進出して吊光弾を投下し、米軍迎撃戦闘機隊を誘導した。

ミッドウェイ配備の米軍戦闘機隊はすでに基地から飛び立ち、友永隊の来襲を待ち伏せしていたのだ。PBYの投じた吊光弾によって、米軍戦闘機隊は第一波攻撃隊の進入位置を確認し、容赦なく殺到して来た。

まもなく戦闘機同士の戦いが始まり、ミッドウェイ上空で猛烈な空中戦が展開された。けれども第一波制空隊の零戦は強かった。見事、敵戦闘機のほとんどを蹴散らしたのだ。

ミッドウェイ上空で空戦が始まったのは午前六時四〇分のこと。それからおよそ二五分におよぶ戦闘において、第一波零戦隊は敵バッファロー戦闘機一五機、ワイルドキャット戦闘機三機を撃墜し、さらにバッファロー五機とワイルドキャット二機を再発進不能におとしいれた。とくにＦ２Ａバッファローは零戦の敵ではなく、戦闘終了後に再び発進可能な米軍戦闘機は、ワイルドキャットわずか二機のみとなっていた。

かたや第一波攻撃隊は零戦二機、艦爆一機、艦攻三機を失っていたが、その多くが敵対空砲火による損失だった。

敵の迎撃をかわした艦爆五三機、艦攻六〇機は容赦なくミッドウェイ基地へ襲い掛かり、飛行場や格納庫、その他の地上施設を手当たり次第に撃破していった。

が、飛行場はもぬけの殻で攻撃効果は充分とはいえなかった。基地配備のアメリカ陸海軍機は第一波攻撃隊が空襲を開始する以前にすべて上空へ飛び立っていたのだ。

第一波攻撃隊は格納庫や他の地上施設を容易に破壊したが、滑走路の破壊は敵機が駐機していなければむつかしい。野ざらしの地面を叩くことになり、的《まと》は地球だから、使用不能となるまで撃ち砕くには相当量の爆弾を要する。

友永大尉はミッドウェイ攻撃の目的が航空制圧であることをよく承知していた。が、滑走路は数時間もあれば復旧されてしまうだろう。攻撃隊の損害機数は少なく、かなりの量の爆弾を滑走路に叩き込んだが、イースタン島の米軍飛行場は、おそらく午後には再び使用可能となっているにちがいなかった。

――飛び立った敵機が戻ったころを狙い、ぜひとも、もう一度、ミッドウェイの敵飛行場を叩く必要がある！　それには第二撃を仕掛けるしかない！

午前七時五分。友永は機動部隊司令部に対して打電、報告した。

『第二次攻撃の要あり！』

第一波攻撃隊はわずか六機を失ったのみで二五機以上の敵戦闘機を撃破し、まもなく帰途に就いた。が、終始、攻撃隊の先頭で飛んでいた友永機は、進入直後に敵戦闘機から喰らった一撃で左翼燃料タンクを撃ち抜かれ、ガソリンが漏れ出していた。母艦へ帰投するのに支障はないが、列機の多くも被弾している。爆弾も使い果たし、もはやこれ以上〝ミッドウェイ上空にとどまる〟という選択肢はなかった。

奇襲を仕掛けるどころか、敵は日本の計画をすべてお見通しで、ミッドウェイの米軍はあらゆる手段を講じて第一波攻撃隊の来襲を待ち構えていた。攻撃が不充分な結果に終わった原因は、決して友永隊の所為ではなく、事前の機密漏洩に求められるべきであった。

3

友永隊長機からの報告を受けて、南雲中将の艦隊司令部では、第一波の攻撃方法に〝手抜かりがあったのではないか〟という批判が出されていたが、山口少将の戦隊司令部では、まったく違った評価をしていた。

「おい。第一波はもぬけの殻となった敵飛行場を攻撃したのではないか？」

山口がそう問うと、航空参謀の淵田中佐がこれに応じた。

「そうにちがいありません。わが攻撃は強襲となり、あらかじめ敵機はすべて上空に退避していたものと思われます」

すると山口は、すぐさま通信参謀の石黒少佐に指示をあたえた。

「第一波と連絡を取り、地上で撃破した敵機は何機あったか訊いてみろ」

しばらくして千早機から応答があり、地上で撃破した敵機は一機もなかったことが判明した。これで山口はいよいよ確信した。

「もはやまちがいない。敵はわがほうの手のうちをすべてお見通しのようだ」

空母「翔鶴」艦橋では、幕僚全員が山口のこの言葉にうなずいた。


ところが、午前七時一八分には「大和」艦上から発光信号で〝ミッドウェイ方面から敵機編隊が接近中！〟と通報があり、さらに南雲司令部は旗《き》旒《りゅう》信号を用いて〝ただちにミッドウェイを再攻撃せよ！〟と命じてきた。

これには山口も閉口した。なぜなら、後れて発進して行った利根四号機はいまだ索敵線の先端に到達しておらず、同機がきっちり針路を折り返す午前七時四五分過ぎまでは、山口には〝ミッドウェイを再攻撃する〟という考えがさらさらなかったからである。

時刻はまもなく午前七時二〇分になろうとしており、利根四号機以外はたしかに全機が索敵線の先端へ達していた。

上級司令部からの命令だから、可及的速やかにミッドウェイを再攻撃する必要がある。

南雲司令部は、ミッドウェイから来襲しつつある敵機群を「大和」のレーダーが現に捉えたのだから第二撃を仕掛けて敵飛行場を叩きつぶす必要があると考えたのだが、山口は頑として動こうとせず、幕僚らもそのけわしい表情を見て、なにも進言することができなかった。

するると、山口はさらに目をほそめ、ぼそりとつぶやいた。

「とにかく、利根四号機が折り返し地点に達するまでは待つ……」

これを聞いてだれもが命令違反にならないかと危惧したが、さらにその上の連合艦隊司令部からは、攻撃機の約半数を米艦隊の出現にそなえて待機させておくよう命じられていたので、山口はすくなくとも利根四号機が先端に達するまでは〝命令違反にならない〟と考えたのだった。

とにもかくにも「大和」が〝敵機接近中!〟と知らせてきたので、まずは迎撃戦闘機隊の零戦を発進させねばならない。山口は当然発進を下令しており、まもなく母艦六隻の艦上から計三三機の零戦が飛び立った。

近づきつつあるのはミッドウェイから発進した敵基地攻撃隊だ。その機数が多いのか少ないのかいまだはっきりしないため、山口はとりあえず迎撃戦闘機隊の零戦を上空へ上げたが、それら三三機には、占領後にミッドウェイへ配備される予定の零戦一八機も含まれていた。

主力空母五隻の艦上にはいまだ計四五機の零戦が残されている。それらは第二波攻撃隊の零戦だが、万一、敵基地攻撃隊の機数が多ければ、第二波攻撃隊の兵力を削ってでも、追加で零戦を迎撃に上げる必要があった。

午前七時三六分。舞い上がった零戦三三機が自軍艦隊の手前・約三五海里の上空で迎撃網をきずいたときのことだった。

ついに待ちに待った報告が空母「翔鶴」艦上へ飛び込んできた。

『敵艦隊見ゆ！　巡洋艦および駆逐艦らしきものおよそ八隻。空母の有無は不明！』

報告を入れてきたのは軽空母「瑞鳳」から発進していた艦攻のうちの一機で、第八索敵線を飛行していた「瑞鳳四号機」だった。

同機はすでに索敵線を折り返しており、母艦へ帰投中に敵艦隊を発見したと思われる。

通信参謀の石黒少佐がまもなくして山口少将に告げた。

「発見位置はミッドウェイの北北東・約一八〇海里。わが部隊との距離およそ一八五海里です！」

するとすると山口がすぐさま淵田中佐に諮った。

「空母の有無は不明となっているが、これをどうみる？」

淵田は即答した。

「これまでの米側の備えからみて、空母を伴わない敵艦隊が、ミッドウェイ周辺でうろついているとは、とても思えません！」

「同感だ！」

山口も即座に同意したが、実際に空母が含まれているのかどうか、それだけはなんとしても確かめる必要がある。

山口は同機に対して敵艦隊との接触を続けるように命じたが、それから二分と経たずして、別の報告電も「翔鶴」艦上へ舞い込んできた。

『敵らしきもの一〇隻見ゆ！　ミッドウェイの北北東およそ一八五海里。〇七二八』

山口が思わず声を張り上げる。

「なんだ、これは⁉」

「はっ、利根四号機からの報告です。『利根』の中継を取りましたので、一〇分ほど後れて本艦に着電した模様です」

石黒が言うとおり、電文の送信時刻は〝午前七時二八分〟となっていたが、手元の時計はすでに午前七時四〇分になろうとしていた。そして、後れて発進した利根四号機は、いまだ索敵線の先端に達しておらず、往路の途中で敵艦隊を発見したにちがいなかった。

山口が再び淵田のほうへ顔を向けると、淵田はすかさず進言した。

「これらは同一の敵艦隊にちがいありません。……ですが、またしても、空母の存在がはっきりしません……」

当然、空母の有無が最も重要な点だが、石黒はそのときハタと気づいた。

瑞鳳四号機は、筑摩一号機（都間機）と利根四号機の索敵線に挟まれた、その真ん中の索敵線を担当して飛んでいるはずだが、瑞鳳四号機の航法に誤りがないとすれば、利根四号機は本来担当の索敵線よりかなり北へズレて飛行しているのであった。つまり利根四号機は、筑摩一号機とほぼ同じ針路で飛び、筑摩一号機の索敵線を〝上からなぞるようにして〟飛行しているのだった。実際には、利根四号機のほうがわずかに南寄りの針路で飛行していたが〝ほぼ同じような針路〟といって差し支えなかった。

むろん石黒や山口はこの時点で知る由もなかったが、実際には、利根四号機が航法を誤ったのではなかった。

そもそも「利根」から発進するときに、航海士が利根四号機の搭乗員に伝えた出発位置そのものがまちがっていたのである。

むろんこのような間違いは本来あってはならないことだが、利根四号機が筑摩一号機の索敵線をカバーして飛び、都間機の大失態を補うことになったのだから、結果的にこの間違いは〝けがの功名〟にちがいなかった。

ちなみに利根四号機は、瑞鳳四号機より五分以上も前に、敵艦隊を発見していたことになる。

それより問題は敵空母の有無だが、機をみて敏なる山口は、この敵艦隊には〝必ず空母が含まれているもの〟と即断し、ただちに第二波攻撃隊の出撃準備を命じた。

かたや「大和」の艦上では、空母が含まれているかどうかの議論がまだ続いていた。

空母が居なければ、やはりミッドウェイ基地を優先的に再攻撃すべきであり、空母がもし居るとすれば、当然、敵艦隊への攻撃を優先して、先に出したミッドウェイ再攻撃の命令を取り下げるべきだが、そんな「大和」司令部の混乱ぶりをよそに、山口司令官の命令によって空母五隻の艦上はすでに動き始めていた。

しかし、両索敵機から敵発見の報告が入るまでは、さしもの山口も敵艦隊出現の確信を持つことができず、第二波の攻撃機に対しては事前になにも兵装を命じていなかった。つまり格納庫で待機中の艦爆や艦攻は、爆弾や魚雷を一切搭載しておらず、ただ主力空母五隻の飛行甲板上では今、第二波の零戦九機ずつが発進待機位置に就いていたのだった。艦攻への魚雷搭載、艦爆への通常爆弾搭載がたった今、始まったばかりだ。

「第二波攻撃隊の発進準備は午前八時二〇分ごろに整います！」

淵田はそう進言したが、まもなく艦隊の南東上空では、ミッドウェイから来襲した敵・攻撃隊と味方・迎撃戦闘機隊の戦闘が始まり、帝国海軍の主力空母五隻は今、まさに危険な状況下に置かれていた。兵装作業をやりながら敵機の空襲をかわす必要があり、五空母の格納庫では魚雷や爆弾がむき出しとなっていた。

防空戦を戦いながらの兵装作業は〝きわめて危険なことだ〟ということぐらいは、山口は、百も承知していたが、ここは目をつむって兵装作業を断行するしかなかった。

発見した敵艦隊に空母が一隻でも含まれているとすれば、第二波攻撃隊を迅速に出さないことには、敵の一方的な攻撃をゆるしてしまうのだ。

空母の飛行甲板は脆弱なので、先制攻撃をゆるすと、瞬時に反撃の芽を摘まれる。米空母の艦載機が来襲するまでに、是が非でも第二波攻撃隊を発進させておく必要があった。

幸い、ミッドウェイから来襲した敵機の技量はかなり低く、迎撃戦闘機隊の零戦が敵機の進入をことごとく阻止してくれている。しかし、敵機の来襲は断続的に午前八時三〇分ごろまで続き、山口は、第二波の零戦六機を手元から割いて追加で迎撃に上げるしかなかった。

そして、防空戦をやりながら母艦を直進させるわけにもいかず、結局、第二波攻撃隊の発進準備がようやく整ったのは、ミッドウェイ来襲の敵機がすべて飛び去った、午前八時三〇分過ぎのことだった。六隻の母艦はすべて無事であり、主力空母五隻はまもなく風上に向けて艦首を立てた。

しかし、もうそのころには第一波攻撃隊が味方空母群の間近まで帰投して来ており、ガソリンが残り少なくなっていた帰投機の一部は、一航戦の軽空母「瑞鳳」へ着艦させることになった。

また、話は前後するが、午前八時ごろには瑞鳳四号機がついに米空母を発見し、敵空母は〝少なくとも二隻以上！〟と報告してきた。

——すわっ、やはり米空母がいた！

日本側のだれもがそう思い、この報告が決定打となって「大和」艦上の論争にようやく終止符が打たれた。南雲中将の艦隊司令部は〝ミッドウェイ再攻撃〟の命令をにわかに取り下げ、手のひらを返したようにして発光信号で〝至急、敵艦隊を攻撃せよ！〟と命じてきた。その命令が出されてからもはや三〇分以上が経過しており、五隻の主力空母はすでに風上へ向け疾走している。

そして午前八時三五分、ミッドウェイ米軍航空隊との防空戦を制した山口少将は大きなため息をひとつ吐きながらも、一転して闘志満々の表情を浮かべ、満を持して第二波攻撃隊に発進を命じたのである。

第二波攻撃隊／攻撃目標・米空母二隻
　第一航空戦隊　司令官　山口多聞少将
・空母「翔鶴」　零戦六、艦攻二七
・空母「瑞鶴」　零戦九、艦攻二七
・軽空「瑞鳳」　攻撃参加機なし
第二航空戦隊　司令官　角田覚治少将
・空母「赤城」　零戦六、艦爆一八
・空母「飛龍」　零戦九、艦爆一八
・空母「蒼龍」　零戦九、艦爆一八

空母群の先頭で航行していた空母「翔鶴」「赤城」はそれぞれ先の防空戦に零戦三機ずつを投入しており、対空戦闘の合間をぬって午前七時五〇分ごろには、軽空母「瑞鳳」から二式艦偵二機が追加で索敵に飛び立っていた。

第二波攻撃隊の兵力は、零戦三九機、艦爆五四機、艦攻五四機の計一四七機。

それぞれ、制空隊の零戦は板谷茂《いたやしげる》少佐、降下爆撃隊の九九式艦爆は江草隆繁《えぐさたかしげ》少佐、雷撃隊の九七式艦攻は村田重治《むらたしげはる》少佐が率いて出撃する。

帝国海軍最精鋭の母艦航空隊だ。必ずや米空母二隻を撃破してくれるにちがいない。

戦艦「大和」のレーダーはいまだ敵艦載機の接近をとらえておらず、午前八時五〇分に第二波の全機が発進してゆくと、さすがの山口少将も〝やれやれ〟と安堵の表情を浮かべた。

そして、高速の二式艦偵はやはりすばらしい艦上機だった。第二波攻撃隊が発進しているさなかの午前八時三八分には早くも二機のうちの一機から通報が入り、米空母は全部で四隻もいることが判明したのだ。板谷機はすでに上空へ舞い上がっていたので、そのことは、江草少佐と村田少佐にきっちりと伝えられた。

それにしても、ミッドウェイ近海で行動中の米空母が〝四隻もいる！〟というのは、山口の予想をも完全に越えており、山口多聞は〝今日は長い一日になるぞ……〟とあらためて覚悟を決めざるをえなかったのである。

4

日が昇るにつれて次第に空は晴れていった。

空母「ヨークタウン」に座乗するスプルーアンス少将はこの日・午前五時三四分に、ＰＢＹ飛行艇の発した〝敵空母発見！〟の第一報を受け取っていた。

そのおよそ二〇分後には日本軍艦載機の大編隊がミッドウェイ島をめざして飛行中であることもわかり、敵が〝味方司令部の予想どおりに動き始めた〟と直感したスプルーアンス少将は、ただちに全力を挙げて〝日本軍空母部隊を攻撃すべきである！〟と決意した。

空母「ワスプ」艦上のフレッチャー少将も同様の決意をかためたが、本格的な攻撃を開始するには必要な情報がすこしばかり欠けていた。

そしてフレッチャーとスプルーアンスは午前六時三分に、味方飛行艇から待ち望んでいた報告を受け取ることになった。

『空母三隻および戦艦。ミッドウェイの北西・約一八〇海里。敵艦隊はミッドウェイへ向けて速力およそ二五ノットで航行中！』

この電報を受け取ったとき、スプルーアンス少将の第一六任務部隊とフレッチャー少将の第一七任務部隊はともに、日本軍機動部隊の東北東・約二〇〇海里の洋上に位置していた。

が、味方デヴァステイター雷撃機の攻撃半径はおよそ一七五海里しかない。

――全力で攻撃を仕掛けるには、すこしばかり距離が遠い。しかも、発見された敵空母はいまだ三隻だ……。

フレッチャーは迅速な決断を迫られたが、スプルーアンスのほうがより敵に近いとみた彼は、自身の部隊を一旦、予備として、スプルーアンスに自由な攻撃をゆるした。

「ただちに南西へ向けて進み、ミッドウェイの北西で行動中の敵空母三隻を攻撃せよ！」

フレッチャーがみずからの部隊を予備としたのには二つの理由があった。

まず、彼が座乗する空母「ワスプ」は北方へ索敵に出したドーントレス一八機を収容する必要があったこと。そして、もう一つの理由は、事前の情報では日本軍の空母は六隻となっていたにもかかわらず、味方飛行艇は敵空母を〝三隻〟としか報じていなかったからであった。

攻撃をゆるされたスプルーアンス少将はただちに行動を起こした。第一六任務部隊の速度を二五ノットとし、日本軍機動部隊のほうへ近づきながら、参謀長のマイルズ・R・ブローニング大佐に諮った。

「敵に痛撃を加えるには、どうすべきか？」

ブローニングは激しい気性の持ち主だが、航空戦に対する豊富な知識があり、機敏な決断力をそなえているのが持ち味だった。

――ミッドウェイを空襲した日本の攻撃隊は、攻撃を終わって午前九時ごろに母艦へ帰り着くであろう。その間、敵空母群は現在の針路を保つにちがいない。それら敵機が母艦にいるところを狙って叩くには、できるだけはやく攻撃を仕掛ける必要がある！

ブローニングはそう予想し、スプルーアンスの質問に即答した。

「日本軍にミッドウェイを再攻撃させないためにも、また、わがアメリカ軍の空母四隻を守るためにも、敵空母が収容した機の再発進準備を完了する前に、ぜひとも先手を取って、攻撃を仕掛けるべきです！」

スプルーアンスはこれにうなずいたが、迅速な攻撃を仕掛けるにはひとつだけ問題があった。それはデヴァステイター雷撃機の攻撃半径が一七五海里しかないことだった。

もちろんブローニングもそのことは承知しており、彼は続けて進言した。

「ミッドウェイを空襲した敵攻撃隊の帰投時刻が午前九時ごろ。日本の空母がそれら帰投機の収容を完了するのは、早くても午前九時三〇分ごろでしょう。それから魚雷や爆弾を搭載して敵機が再発進準備を完了するのにおそらく一時間は必要でしょうから、われわれは午前一〇時三〇分までに攻撃を仕掛けなければなりません」

「それには、わが攻撃隊を〝いつまでに〟発進させる必要がある?」

「午前七時一五分です!」

ブローニングはきっぱり言い切った上で、さらにその理由を述べた。

「全力攻撃を仕掛けるにはデヴァステイターの攻撃参加も欠かせません。が、それにはたっぷり一時間ほど掛けて南西へ進む必要があります。そして今から一時間後の午前七時一五分に攻撃隊の発進を命じれば、遅くとも午前八時には攻撃隊全機の発進が完了します。午前八時に発進したわが攻撃隊は二時間後の午前一〇時ごろに敵空母群の上空へ到達し、午前一〇時三〇分までにその全機が攻撃を完了するはずです」

スプルーアンスがこれに大きくうなずくと、第一六任務部隊の全艦艇が南西へ向けて二五ノットで疾走し始め、空母「ヨークタウン」「ホーネット」は午前七時一五分には日本軍機動部隊の東北東およそ一七五海里の洋上へ前進した。

幸いにも、第一六任務部隊が日本の索敵機に接触された形跡はいまだなく、スプルーアンスに攻撃をためらわせるような不安要素はなにひとつとしてなかった。

――ジャップの空母を探し出し、それを徹底的に攻撃せよ！

ハルゼー中将の言葉を胸に刻み込んだスプルーアンスは、午前七時一五分、満を持して攻撃隊に発進を命じたのである。

第一次攻撃隊／攻撃目標・日本軍空母三隻

第一六任務部隊指揮官　スプルーアンス少将

空母「ヨークタウン」　出撃機数七二機

（艦戦一二、艦爆四二、雷撃機一八）

空母「ホーネット」　出撃機数七二機

（艦戦一二、艦爆四二、雷撃機一八）

スプルーアンス少将が放った攻撃隊の兵力はワイルドキャット戦闘機二四機、ドーントレス急降下爆撃機八四機、デヴァステイター雷撃機三六機の計一四四機。

空母「ヨークタウン」と「ホーネット」はそれぞれ七二機もの攻撃機を発進させるのにたっぷり四〇分ほど掛かり、これら一四四機の攻撃機がすべて上空へ舞い上がったとき、時刻はすでに午前八時近くになっていた。

いっぽうそのころ、フレッチャー少将も行動を開始していた。薄明とともに索敵に出したドーントレス一八機が午前六時一五分にはすべて索敵線の先端へ達し、ミッドウェイ北方海域には日本の空母が存在しないことを確認すると、フレッチャーもついに攻撃を決意した。

ちなみに北方海域に対する索敵を実施しなければ、第一七、一六任務部隊のほうが日本軍空母部隊から横やりの奇襲攻撃を喰らう恐れがあったので、フレッチャーとしてはどうしてもこの索敵をおろそかにできなかった。

午前八時に索敵隊（ドーントレス一八機）の収容を終えると、フレッチャー少将は、日本の空母六隻はやはり〝まとまって行動している可能性が高い〟とみて、麾下部隊に急速南下を命じ日本軍機動部隊との距離をぐんぐん詰めて行った。

そして午前八時三五分。日本軍機動部隊との距離を〝一八〇海里程度にまで詰めた！〟と判断したフレッチャー少将は、いよいよ攻撃を決意して攻撃隊に発進を命じ、その全機が午前九時五分には上空へ舞い上がったのである。

第一次攻撃隊／攻撃目標・日本軍機動部隊
　第一七任務部隊指揮官　フレッチャー少将
　　空母「ワスプ」　出撃機数四八機
　　（艦戦一二、艦爆二四、雷撃機一二）

最大でも二五ノットの速力しか発揮できない空母「サラトガ」は、このとき空母「ワスプ」の後方およそ二〇海里で行動しており、索敵隊のドーントレス一八機はすべて「サラトガ」に収容された。また「サラトガ」は索敵隊の収容を完了すると、ただちに三六機のワイルドキャットを発進させて、前線で戦う空母「ヨークタウン」「ホーネット」「ワスプ」の三隻に対してワイルドキャット一二機ずつを供給。これにより四空母の艦上に在る戦闘機はいずれもワイルドキャット一八機ずつとなっていた。

つまり攻撃隊の発進をすべて完了した午前九時過ぎの時点で、「サラトガ」から戦闘機の補充を受けたスプルーアンス少将の第一六任務部隊とフレッチャー少将の第一七任務部隊は、ともに三六機ずつのワイルドキャットを、艦隊防空用として手元に残しておくことができたのだった。

アメリカ側の放った攻撃隊の兵力は、両任務部隊を合わせて今や、ワイルドキャット三六機、ドーントレス一〇八機、デヴァステイター四八機の総計一九二機に達していた。

そして一旦「サラトガ」に収容されていた索敵隊のドーントレス一八機も、午前一〇時までにはすべて「ワスプ」艦上へと戻された。

フレッチャーとスプルーアンスは、まずは〝やるべきことをやった！〟と確信していたが、まだまだ決して油断はできなかった。

なぜなら、攻撃隊を発進させているさなかの午前七時三〇分ごろには、第一六任務部隊の近くへついに日本軍の索敵機が飛来し、スプルーアンスは、敵機に発見されたことを、フレッチャーにも報告していたからであった。

フレッチャーもスプルーアンスも、日本軍機動部隊が〝すべての艦載機をはたいて〟ミッドウェイを攻撃したのかどうか、そのことはよくわからなかった。しかし日本軍索敵機に接触されたと知った両少将は、敵攻撃隊の反撃があるかもしれないと考えて、全部で七二機のワイルドキャットを手元に残しておいたのである。

5

日米両軍機動部隊の矢はすでに放たれた。

午前八時五〇分に第二波攻撃隊の発進が完了すると、帝国海軍の主力空母五隻は一斉に第一波攻撃隊の収容を開始した。

母艦搭乗員の練度は総じて高く、一五分の空白時間があるならば、搭載全機がすばやく各母艦へ滑り込む急速着艦の術を心得ている。ミッドウェイを空襲した第一波の攻撃機は次々と五隻の空母へ収容されていった。

山口少将の旗艦・空母「翔鶴」の艦橋では急降下爆撃から帰った千早猛彦大尉がミッドウェイの状況を報告し、水平爆撃から戻った友永丈市大尉の艦攻は燃料タンクを破損しながらも母艦の「赤城」へ着艦していた。

山口少将は第一波攻撃隊がもぬけの殻となった敵飛行場を叩いたことをあらためて確認し、帰投した搭乗員らは米空母が現れたことを知った。

米空母が出現したからにはもはやミッドウェイ基地を相手にしているような場合ではない。しかも二式艦偵の報告によると、敵空母は〝四隻もいる！〟というのだから、第一波の搭乗員らもこれは〝抜き差しならない事態になった〟とすぐに味方の状況を察した。帰投機で可及的速やかに第三波攻撃隊を編成し、米空母部隊に対して二の矢を継がなければならない。

第一波攻撃隊の収容はおおむね午前九時一五分ごろには完了し、山口少将は、速力二七ノットで全部隊に北上を命じた。ミッドウェイから一旦遠ざかるとともに、米空母部隊との間合いを詰めてゆこうというのだが、戦艦「大和」艦上の南雲司令部も〝基地攻撃は後まわしだ！〟と、がらりと方針を転換しており、山口少将による北上命令をただちに追認した。

午前九時一八分。戦艦「大和」以下、第一機動部隊の全艦艇が一斉に回頭し、北北東へ向けて疾走し始めた。

それはよかったが、その直後に「大和」の対空レーダーが敵機の接近をとらえ、空母「翔鶴」にそのむねを通報してきた。

『東北東から敵機大編隊が接近中！　距離およそ六五海里！』

戦艦「大和」からの信号を受け、通信参謀の石黒少佐がすぐさま山口少将に報告した。

「敵編隊はあと三〇分ほどでわが上空へ進入して来ます！」

ミッドウェイ島は第一機動部隊の南東だが、敵機は東北東から近づきつつある。石黒から報告を受けるや、山口は、これは〝空母から飛び立った敵攻撃隊にちがいない！〟と直感した。


迎撃戦闘機隊の零戦はこれまでの戦いで四機を失い、その数は二九機となっていた。彼らはすでに一時間三〇分以上にわたって艦隊上空で飛び回っていたが、一旦、母艦へ降ろしてやるような時間の余裕はなかった。

零戦の航続力は抜群で、幸いどの機もガソリンはいまだかなり残っていた。空戦の合間をぬって着艦し銃弾の補充を受けていたので、戦闘行動にも支障はない。

来襲しつつある敵機の数は不明だが、米空母は四隻と報告されたので、二〇〇機以上の敵艦載機が来襲してもおかしくない。だとすれば、味方の迎撃戦闘機がわずか二九機ではまったくもの足りない。執るべき手段はもはやひとつしかなく、帰投した第一波の零戦を、追加で迎撃に上げるしかなかった。

帰投した第一波の零戦は全部で四三機。ミッドウェイ空襲時に失った零戦はわずか二機にとどまっていたが、四三機のうち二機が再発進不能となっていたので、実際には四一機の零戦しか迎撃に上げることができなかった。

迎撃の零戦が七〇機もあれば、ひとまず防空戦は凌げそうだが、第三波攻撃隊をどうするかが喫緊の課題だ。

一刻もはやく攻撃に出したいのは山々だが、またしても防空戦をやりながら兵装作業をやることになる。しかし今度の敵は米空母の艦載機にちがいなく、決して油断はならない。万一敵機の進入をゆるした場合、各空母は爆弾や魚雷などの危険物を艦内にさらした状態で、攻撃を受けることになるだろう。

山口は、航空参謀の淵田中佐に諮った。

「零戦はすべて迎撃に上げようと思うが、艦爆や艦攻はどうする？」

おもえば敵は、ミッドウェイ空襲から戻った攻撃隊の収容を帝国海軍の空母五隻が終えた、その直後を狙って、攻撃を仕掛けようとしているのにちがいなかった。敵のあまりの手際の良さに、ここは淵田としても、妙案らしい妙案をひねり出すことができなかった。

「……思いますに、われわれはすっかり敵の術中にはまっております。今ははやる気持ちを抑えて攻撃を自重し、一旦、迎撃戦に徹すべきだと思います！」

「よかろう。だが迎撃に徹するとして、具体的にどうやる？」

山口がさらにそう問いただすと、淵田は意を決したようにして進言した。

「本来はあまりやりたくないことですが、ここは思い切って艦爆も迎撃に上げましょう」

「それはよいが、艦攻はどうする？」

「現在、艦攻を搭載しているのはすべて二航戦の母艦です。『翔鶴』艦上では、それら二航戦・三空母の艦内状況がいまひとつはっきりつかめません！　ここは〝防空戦に徹する〟という一航戦の意思を『赤城』へ明確に伝達し、その上で艦攻の処理に関しましては、角田司令官に一任するのがよいと考えます」

　これが最善の策かどうか、それは山口にもわからなかったが、もはや悠長にあれこれ考えているようなひまはなかった。

「よし！　ならば、それでゆこう」

　そう決断するや、山口は石黒少佐のほうへ向きなおり、角田司令部への伝達を命じた。

　石黒は二人のやり取りをすべて聞いており、山口の命令にうなずくや、ただちに通信室へ向かった。それを見て山口がさらに続ける。

「艦爆はすべて迎撃に上げるのか⁉」

　すると淵田は目をほそめ、反対に山口の意向をたしかめた。

「徹底的に迎撃を優先しますか？　それとも反撃のための余力を多少残しておきますか？」

「……敵攻撃隊の兵力がいったいどれくらいなのか、皆目わからんからな……」

　山口がため息まじりにそう返すと、淵田はちいさくうなずきながら、ひとつ提案した。

「では、『翔鶴』『瑞鶴』からまず艦爆九機ずつを迎撃に上げ、さらに九機ずつを飛行甲板へ上げて迎撃準備をおこない、残りを格納庫で待機させておくというのはいかがでしょうか？」

このとき、旗艦・空母「翔鶴」の艦上には即時発進可能な艦爆が二六機あり、二番艦・空母「瑞鶴」の艦上には同じく即時発進可能な艦爆二五機が存在した。

「ああ、それでよかろう！」

山口がうなずくと、まもなく空母「翔鶴」「瑞鶴」から合わせて一八機の艦爆が飛び立ち、機動部隊直上の護りに就いた。

また四一機の零戦はすでに全機が飛び立っていたが、淵田中佐の進言によりそのうちの一二機は機動部隊直上の護りに就いていた。

これにより、迎撃戦闘機隊の二九機と合わせて米軍攻撃隊の邀撃に向かった零戦は全部で五八機となり、午前九時三〇分過ぎには第一機動部隊の手前（東北東）・約三五海里の上空で早くも空中戦が始まった。

真っ先に来襲したのはホーネット雷撃隊のデヴァステイター一八機だった。

ホーネット雷撃隊の練度は低かった。彼ら搭乗員の多くは、この日「ホーネット」から発艦したその時まで、魚雷を装備して発艦したことはおろか、魚雷を搭載して飛んだことすらなかった。いや隊員の多くは、雷撃機が空母から発艦するのを見たことさえなかった。

まったく零戦の敵ではなく、ホーネット雷撃隊の大多数がめざす空母群の上空へ到達するまでに撃墜され、唯一空母を発見したゲイ少尉機もまたやみくもに重巡「筑摩」へ向けて魚雷を発射した直後に撃墜された。ゲイ機の投じた魚雷はむろん命中しなかった。

空中集合を実施せずに進撃した、米軍攻撃隊の各隊はまったく連携を欠いていた。

ホーネット爆撃隊のドーントレス四二機は、同雷撃隊との連携攻撃を計画していたが、母艦から発艦して編隊を組むときに雲が掛かってきて、両部隊はたがいに見失ってしまった。

またホーネット爆撃隊は、列機が横並びとなって飛行する索敵隊形で進撃したため、ガソリンを余計に消費してしまった。日本軍機動部隊の進出予想位置に差し掛かったとき、同隊はそのままの針路でさらに五〇海里ほど飛び続けたが、ついに日本の艦隊を発見できなかった。午前九時一八分には第一機動部隊が北北東へ向けて変針していたからである。

四二機のうち、とくに燃料を多く消費していた一八機はミッドウェイ基地へ向かった。残る二四機は「ホーネット」へ向けて引き返し、ホーネット爆撃隊は結局一機も攻撃に参加しなかった。

午前九時四八分。二番手で第一機動部隊の上空へ近づいて来たのはヨークタウン雷撃隊のデヴァステイター一八機だった。

ヨークタウン雷撃隊はホーネット隊よりはるかに経験を積んでいた。新加入の搭乗員でも雷撃機を主として二〇〇〇時間以上の飛行経験を持っていた。隊長のリンゼー少佐は麾下飛行隊を九機ずつの二群に分け、別動隊の指揮をイーリイ大尉に任せて、それぞれ別々の敵空母を狙うことに意を決した。

しかし、ゼロ戦の迎撃網を突破するのはやはり容易ではなかった。魚雷を装備したデヴァステイター雷撃機は速度が極端に低下しており、同機でゼロ戦の群れのなかへ突っ込むのは、疲れ切ったロバに全力疾走を強いるようなもので、ほとんど自殺行為にちかかった。

リンゼー少佐の本隊は空母「瑞鶴」へ向けて突入し、イーリイ大尉の別動隊は空母「赤城」をめざして突入して行ったが、計一八機のうち一二機が撃墜されてしまい、日本の空母になんら損害をあたえることはできなかった。

四〇機以上もの零戦から、寄ってたかって波状攻撃を受け、六機のデヴァステイターが撃墜をまぬがれたことのほうが、むしろ奇跡といってよいほどの悲惨な突入だった。

米軍艦載機による攻撃はここで一旦小休止を迎えた。それはよかったが、じつはヨークタウン雷撃隊が進入して来た午前九時五〇分ごろ、第一機動部隊の旗艦・戦艦「大和」の艦上では幕僚らが激論を交わしていた。

今度は、「大和」のレーダーが〝二方向〟から接近しつつある敵機編隊を探知していたのだ。

情報参謀の中島親孝少佐はまずそのことを南雲長官や草鹿参謀長以下の幕僚に報告したが、事態は〝差し迫っている！〟と直感した中島は、草鹿参謀長に対してさらに強く進言した。

「今、申しましたとおり、敵機編隊は二手に分かれて接近しております。その一方は、これまでどおり東北東の方角から近づいておりますが、もう一方は、これまでとはまるでちがって、南南西の方角から近づいて来ております！　後者はおよそ予期せぬ方角からの敵襲となりますので、わが空母群は不意を突かれるおそれがございます。ここは電波の発進を厭《いと》わず、ぜひとも隊内通信を使って直接、山口司令官へそのことをお伝えするべきです！」

これを聞いて、航空参謀の源田はすぐにうなずいたが、大石首席参謀はアタマから反対した。

「それは感心せんな……。われわれは朝からずっと敵潜水艦に付きまとわれている。今、電波を発すると、敵にわざわざ『大和』の位置をおしえてやるようなものじゃないか！」

今の今まで「大和」から他艦への伝達、命令はすべて発光信号もしくは旗旒信号を用いておこなわれていた。つまり「大和」はいまだに無線封止を敷いており、大石保中佐はそれを今さら破るのは〝ご法度だ〟というのであった。

敵潜水艦を警戒しての無線封止だが、現に、第一機動部隊の近くには米潜水艦「ノーチラス」が潜伏しており、午前九時一〇分ごろには機動部隊に随伴する駆逐艦「嵐《あらし》」が、「ノーチラス」に爆雷攻撃を実施して、「大和」司令部にそのことを通報していた。

旗艦である「大和」が敵潜水艦から雷撃を受けると事なので、大石は、あくまで無線封止を破るべきではないというのだが、これには源田がものすごい剣幕で噛み付いた。

「いったいなんのための『大和』ですか⁉　味方空母群を護るために『大和』を機動部隊の旗艦にしたはずです‼」

源田の発言に勇気を得て、中島も再度、草鹿参謀長に対し直訴した。

「そうです。敵潜の魚雷を一本や二本、喰らったところで、『大和』が行動不能におちいるようなことはまずないはずです。しかし空母は脆弱ですから、爆弾や魚雷を一発でも喰らうと瞬時に戦闘力を奪われてしまいます！　予期せぬ方角から来襲する敵機に対処するのは、いくら零戦でもむつかしい。参謀長、お願いです！　ぜひとも電波の発信を許可してください」

それでも草鹿はすぐにはうなずこうとせず、なおも大石の顔を横目でちらっとみた。

「これまでどおり、信号を用いて伝達すればよいではないか……」

大石がそうつぶやくと、中島は苦虫をかみつぶしたような顔をして反論した。

「発光信号で正確な方角や速度、機数などの詳細を伝達するには時間が掛かりすぎます！　そのような余裕がないので、こうしてお願いしているのです！」

すると、これら一連のやり取りを聞いて、にわかに横から口出しする者がいた。連合艦隊作戦参謀の三和義勇大佐である。

「たとえ『大和』が魚雷を喰らったとしても、名誉の負傷で済みますが、空母を見殺しにするようなことになれば、これは大問題ですぞ……」


草鹿には、三和のこのつぶやきが、山本長官の言葉であるかのように耳へ響いた。

じつは、三和義勇は「MI作戦」の直前に「大和」に派遣されていた。むろん山本五十六大将の命を受けて第一航空艦隊司令部へ出向してきたのだが、山本の真の狙いは〝中島親孝の存在を充分に活かす〟ことにあった。

――中島の階級はいまだ少佐に過ぎない。「大和」へ配属されたばかりの彼が、司令部内で自分の意見を通すのはよほどむつかしいだろう。問題は〝ここぞ〟というときだ……。

そう危惧した山本は、中島の後ろ盾として大佐の三和を「大和」へ派遣しておいたのだった。もっとも三和は南雲司令部の部外者だから、あらかじめ南雲には山本が直々に話を通しておいた。

「八月はじめには『武蔵』が竣工する。これを新たな連合艦隊の旗艦とするので、当然『武蔵』には『大和』と同じレーダーを設置することになるが、『大和』での運用実績を参考にして、それをぜひ『武蔵』でも活かしたいと考えておる。ついては連合艦隊司令部から参謀一人を『大和』へ派遣しようと思うが、三和義勇でどうかね」

山本にこう打診されると、戦艦「大和」を気前よくゆずられた手前、南雲としてはこれを無下に断ることができなかった。また断る正当な理由も思い付かなかった。

ところで、首席参謀の大石保は三和義勇と同じ海兵四八期の卒業だが、いまだ階級は中佐で大佐の三和よりも当然格下になる。しかも、三和の場合は〝連合艦隊参謀〟という看板を背負っているので、大石は三和への反論をはばかった。

三和の言葉に虞《おそれ》を抱いた草鹿は、俄然、南雲長官のほうへ向きなおって進言した。

「われわれはすでにかなり北上し、『嵐』が報告してきた敵潜水艦から相当に遠ざかっていると思われます。長官。ここは発信を許可してはいかがでしょうか」

南雲は草鹿のことを全面的に信頼している。草鹿がそう進言すると、南雲はただちにうなずいて発信を許可した。

「うむ。その必要があるだろう。ただちに無線封止を解除したまえ」

南雲も三和の言葉を聞いており、ここは〝電波発信を厭うべきではない！〟と判断した。

これが鶴の一声となり、中島は即座に通信室へ向かって「翔鶴」と連絡を執った。

そして中島は、「翔鶴」の通信参謀・石黒少佐に対して来襲しつつある米軍攻撃隊の詳細をまず報告し、その後も、刻々と変わるレーダーの探知情報を「翔鶴」に伝え続けた。

石黒は伝声管でそれを逐次、艦橋にいる山口司令官に報告し、山口は、「翔鶴」「瑞鶴」の飛行甲板で待機中の艦爆一八機にまず発進を命じ、さらに淵田中佐に命じて、上空警戒中の零戦、艦爆に迎撃の指示をあたえた。

迎撃戦闘機隊の零戦は、先に来襲した敵雷撃隊との空戦で二機を喪失し、このときその数は五六機となっていた。空母部隊の直衛に当たっていた一二機と合わせて、現在上空に在る零戦は全部で六八機だ。そして、今しがた発進を命じられた艦爆一八機は五分ほどで上空へ舞い上がり、現在上空に在る艦爆は全部で三六機となっていた。

「司令官！『大和』からの通報によれば敵攻撃隊は〝東北東〟と〝南南西〟の二方向から接近しつつあります！　距離はともに六〇海里ほどですから、あと三〇分ほどでわが上空へ進入して来ると思われます。また中島参謀は、東北東の敵機群も南南西の敵機群も、五〇機程度の編隊と予想しております！」

石黒からそう報告を受けた山口は、まず迎撃戦闘機隊の零戦五六機のうち、五〇機をそのまま東北東上空で迎撃態勢を執らせることにし、残る六機を空母群直上の護りに呼び戻した。

そして、直衛隊の零戦一二機と艦爆三六機をただちに南南西へ差し向け、もう一方の敵攻撃隊の迎撃に当たるよう命じた。

時刻は午前一〇時五分を過ぎ、そのとき、「大和」からさらに詳しい情報が入った。

それを石黒がすかさず山口に伝える。

「中島参謀によりますと、東北東の敵機群はやはり五〇機程度ですが、飛行高度にはかなりバラつきがあるそうです。かたや、南南西の敵機群も数は五〇機程度ですが、こちらは六〇〇〇メートル近くもの高度を維持して〝ひと固まり〟となって接近しつつあるようです」

それを山口がすかさず淵田に告げると、淵田は即座に分析してみせた。

「どうやら、東北東の敵は様々な機種が混在しているようですが、南南西の敵は一機種で統一されているようです。おそらく後者は艦爆のみの編成ではないでしょうか……」

「よし！　それをすぐ、上空の全戦闘機隊、全艦爆隊に伝えてくれたまえ！」

実際に淵田の分析は的を射ていた。


この時点で米軍攻撃隊は、ヨークタウン雷撃隊とホーネット雷撃隊がすでに攻撃を終了しており、ホーネット爆撃隊が第一機動部隊を発見できずにすでに攻撃をあきらめていた。

したがって残る米軍攻撃機は、この時点で、ワスプ雷撃隊のデヴァステイター一二機、ワスプ爆撃隊のドーントレス二四機、それにヨークタウン爆撃隊のドーントレス四二機となっており、東北東から接近中のワスプ隊には、ワイルドキャット戦闘機一二機（同じく「ワスプ」から発進）の護衛が付いていた。だが、南南西から接近中のヨークタウン爆撃隊には、戦闘機の護衛が付いておらず、ドーントレス一機種のみで編成されていたのだった。

ワスプ隊は周知のとおり、フレッチャー少将がすこし後れて発進を命じていた。

しかし「ワスプ」飛行長のアーノルド中佐は機転を利かせて〝日本軍空母艦隊はいつまでもミッドウェイへ向けて南下し続けないだろう〟と予想し、ワスプ隊に北寄りの針路を指示して発進を命じ、それがまんまと今、的中しようとしていたのだった。アーノルドの予想どおり第一機動部隊は午前九時一八分ごろに北方へ向けて変針していたからである。

かたや、ヨークタウン爆撃隊はスプルーアンス少将が先行して発進を命じていたが、同隊もまたその空中指揮官であるマクラスキー少佐の機転によって、今、きっちりと獲物に在り付こうとしていた。

母艦を発進してから当面のあいだは、ヨークタウン爆撃隊も、ホーネット爆撃隊（攻撃未遂）と同じような針路で飛び続けていた。そうこうするうちにいよいよガソリンが残り少なくなり、マクラスキー少佐もついに攻撃をあきらめようとしていたが、彼はアーノルド中佐と同じように、艦載機を収容した日本の空母群は〝一旦ミッドウェイから遠ざかろうとしているのかもしれない〟と考えて、最後に右（北方）へ大きく旋回しながら帰途に就いた。するとまさにその直後、マクラスキーは、爆雷攻撃を終えて機動部隊・本隊に復帰しようとしていた駆逐艦「嵐」をはるか北方洋上に発見し、いわば「嵐」を〝送り狼〟として利用しながら、今、第一機動部隊の上空へ迫ろうとしていたのだった。

ヨークタウン爆撃隊が他隊とちがって南南西から近づいていたことは、マクラスキーが意図してやったことではないが、結果的に日本軍の零戦や艦爆を分散させる効果があった。

ちなみに、ホーネット戦闘機隊のワイルドキャット一二機は同爆撃隊と同じく攻撃をあきらめて母艦の方へ引き返し、ヨークタウン戦闘機隊のワイルドキャット一二機は、ホーネット雷撃隊とともにいちはやく日本軍機動部隊の上空へ進入して来たが、零戦の強さとその数の多さに圧倒されて戦いに寄与することがほとんどなかった。

迎撃を命じられた零戦や艦爆は、中島情報参謀が「大和」艦上から発した通報電を、機上で直接受信したものも多く、午前一〇時一〇分ごろにはすっかり迎撃態勢をととのえていた。

それからまもなくして、まず第一機動部隊の東北東上空で空戦が始まった。

米軍の戦法は一風変わっており、低高度で飛ぶ雷撃隊のデヴァステイターをわざと先行させておき、それに日本軍戦闘機が一斉に群がろうとしたところを狙い定めて、はるか上空から逆に戦闘機隊のワイルドキャットが降下して襲い掛かり、手強いゼロ戦を一気に減殺してしまおうというのであった。

この場合、高度を維持して進撃する爆撃隊のドーントレスは味方戦闘機隊の護衛を一時的に失うことになるが、ドーントレスはデヴァステイターよりよほど速度が速いし、最初にゼロ戦を一網打尽にしてしまえば、爆撃隊も雷撃隊もかなりの機数が日本軍空母部隊の上空へ〝到達できるのではないか〟と考えられたのだった。

ところが、実際の戦闘は米側の思惑どおりにはならなかった。迎撃戦闘機隊の零戦は「大和」からのレーダー情報により、東北東から来襲する敵機群には〝雷撃機や爆撃機、戦闘機などが混在している〟と察知していた。

低高度から先行して来た米軍雷撃隊の進入を阻止するために、なるほど零戦は一気に降下してワスプ隊のデヴァステイター一二機に対して襲い掛かった。が、降下した零戦の数は限られており、デヴァステイターをわずかに上まわる一五機にとどまった。

残る三五機の零戦のうちの一二機は、ワイルドキャットがいざ、急降下しようとするその刹那に米軍戦闘機隊へ襲い掛かり、まんまとワスプ隊のワイルドキャット一二機をすべて空中戦にひきずりこんだ。

これにより、低高度で進入しようとした米軍雷撃隊は一五機の零戦から波状攻撃を受け、狙う空母群の上空へ到達する前に八機を撃墜されて、結局一〇機のデヴァステイターが未帰還となり、なんら戦果を挙げることができなかった。

ワスプ雷撃隊にかぎらず、本海戦中にアメリカ側の放った雷撃機は結局一機も魚雷を命中させることができず、時速一八〇ノットの最大速度しか発揮できないダグラスＴＢＤデヴァステイター雷撃機は、日本のゼロ戦にまったく歯が立たず、完全に時代後れとなっていることが実戦で証明されたのである。

米軍攻撃隊の被害はそれだけにとどまらず、ワスプ爆撃隊のドーントレス二四機もまた二三機の零戦から波状攻撃を受けて、次々と撃ち落されてゆく。そして、狙う空母群の上空へ到達するまでに、ドーントレスもあえなく一二機が撃墜されてしまい、九機のドーントレスが戦場からの離脱を余儀なくされた。けれどもワスプ爆撃隊はかなりしぶとく、さしもの零戦も三機の進入をゆるしてしまった。

敵爆撃機が進入して来る様子は空母「翔鶴」艦上からも確認することができたが、空母群直上の護りに就いていた零戦六機のうちの三機が、すかさずそれらドーントレス三機へ襲い掛かり、爆撃の態勢へ入る前に一機を撃墜、残る二機も見事に追いはらった。

東北東から来襲した米軍攻撃機はすべて退けられたのである。

しかし山口少将には、胸をなでおろしているようないとまはなかった。

時を移さず南南西からヨークタウン爆撃隊が来襲し、第一航空戦隊の三空母「翔鶴」「瑞鶴」「瑞鳳」はいずれも空襲を受けた。

南南西へ迎撃に向かったのは零戦一二機と艦爆三六機の計四八機だったが、頼みの零戦は一二機しかおらず、彼らはドーントレスを相手におよそ苦戦を強いられた。

いや、零戦はそれでも一〇分以上にわたって米軍爆撃隊に波状攻撃を加え、七機のドーントレスを撃墜し、同じく七機のドーントレスを戦場から離脱させた。

一二機の零戦は四機を失いながらもまず、その役割をきっちり果たしたといえる。

しかし、ヨークタウン爆撃隊は四二機と数が多く、本海戦に参加した米軍攻撃隊のなかで、最も練度が高かった。緒戦に沈没した空母「エンタープライズ」から異動した搭乗員が多く含まれていたのだ。

かたや九九式艦爆は、空戦能力ではドーントレスと比べて遜色がなかった。しかもドーントレスは重い爆弾を積んでいるのに対して九九式艦爆は身軽なため、その奮戦が大いに期待された。

さらに数でも上まわっていたので、九九式艦爆は、味方零戦が撃ちもらした敵機に対して次々と襲い掛かっていった。

それはよかったが、いかんせん九九式艦爆は攻撃力が弱かった。同機の装備する七・七ミリ機銃による銃撃ではドーントレスになかなか致命傷を負わせることができず、逆に反撃を喰らって撃ち落される機が続出した。

ドーントレス「SBD-3」は機首に一二・七ミリ機銃を装備しており、ときにはそれで反撃してくる。そして、両機の防御力には歴然とした差があった。九九式艦爆は二、三度連射を喰らっただけで容易に火を噴いてしまう。

それでもなお、身軽な九九式艦爆は旋回性能で上まわり、四機のドーントレスを撃墜し、六機を味方艦隊上空から退散させた。

だが、それと引き替えに、なんと九九式艦爆は一二機もが返り討ちにされてしまい、一八機のドーントレスに味方空母群上空への進入をゆるしてしまった。

空母「翔鶴」「瑞鶴」「瑞鳳」は高速で疾走しながら一斉に左右へ大回頭し、敵機の爆撃をかわそうと懸命に対空砲火を撃ち上げた。さらには、いまだ空母群上空の直衛に残っていた三機の零戦がまもなく二機を撃墜して、結局、狙う日本の空母へ向けてダイブしたとき、ドーントレスは全部で一六機となっていた。

直衛零戦隊のうちの別の三機は、東北東から先に来襲した敵機を迎撃したばかりで、今しがた起きた第二の戦闘には間に合わなかった。が、それら三機がようやく舞い戻り、空母「翔鶴」上空で敵機に対してにらみを利かせた。

代わって格好の標的にされたのは、「翔鶴」からすこし後れて航行していた、二番艦の空母「瑞鶴」だった。

ヨークタウン爆撃隊の技量はなるほど高く、空母「瑞鶴」へ向けてダイブした六機のうちの三機がまんまと爆撃に成功。三発の爆弾を次々と喰らった「瑞鶴」は、たちどころに航空母艦としての機能を喪失した。

そして残るドーントレス一〇機のうち、北方へ先行していた「翔鶴」へ向けてダイブしたものはわずか二機にとどまった。舞い戻った三機の零戦が上空でにらみを利かせていたため、多くの米軍パイロットが「翔鶴」への投弾をあきらめ、「瑞鶴」のすぐ後ろをゆく軽空母「瑞鳳」に攻撃目標を変更、八機のドーントレスが「瑞鳳」へ向けてダイブしたのだ。

旗艦・空母「翔鶴」は時速三三ノット近くもの高速で疾走しており、投じられた爆弾をすんでのところで二発ともかわしてみせた。

うち一発は「翔鶴」の艦尾わずか一〇メートルの海へ至近弾となって炸裂したが、幸い大事にはいたらなかった。

けれども、速力二八・二ノットしか発揮できない軽空母「瑞鳳」は、そう簡単には爆弾をかわしきれなかった。しかも、直前をゆく「瑞鶴」の速度が被弾の所為で二〇ノット以下におとろえてしまい、「瑞鳳」が爆弾を回避するための進路をにわかにふさいでいた。

そのため左へ舵を切るしかなく、完全に動きを読まれた「瑞鳳」にもまた三発の爆弾が命中、さらに二発の至近弾を喰らった「瑞鳳」は防御力の弱さを露呈し、ついに航行を停止してしまう。

ヨークタウン爆撃隊が投じたのはすべて威力に劣る五〇〇ポンド（約二二七キログラム）爆弾だったが、改造空母「瑞鳳」の格納庫甲板はいとも簡単に突き破られた。命中した爆弾のうちの二発が機関部まで達して炸裂し、同艦の主機はあっけなく全滅してしまった。

ドーントレス爆撃機が一〇〇〇ポンド爆弾ではなく五〇〇ポンド爆弾を搭載していたのは、航続力を延伸するためにスプルーアンス少将が下した決断だったが、もし同機が一〇〇〇ポンド爆弾を搭載しておれば、おそらくヨークタウン爆撃隊は第一機動部隊の上空へ到達していなかったものと思われる。

しかし、スプルーアンスの冷徹な判断が功を奏して、帝国海軍の空母二隻はともに手痛い打撃を被り、瞬時に戦闘力を奪われたのである。

6

爆弾三発を喰らった空母「瑞鶴」は、消火を優先して機関部に注水したため速度が一八ノットに低下、飛行甲板も原型をとどめぬほど破壊されており、空母としての機能を今や完全に喪失していた。命中したのは三発とも五〇〇ポンド爆弾で致命傷を被るようなことはなかったが、「瑞鶴」が戦闘力を奪われたのはあきらかであり、まもなく山口少将は同艦に撤退を命じた。

それからほどなくして「瑞鶴」は、駆逐艦「舞《まい》風《かぜ》」に護衛されながら戦場を離脱、まずは山本大将直率の主隊（戦艦「長門」「陸奥」基幹）と合同するため、北西へ向けて速力一八ノットで退避して行った。

かたや、軽空母「瑞鳳」はもはや救いようがなかった。午前一一時一〇分ごろには完全に航行を停止してしまい、報告を受けた山口少将はみずからの責任において艦長の大林末雄《おおばやしすえお》大佐に〝総員退去〟を命じ、駆逐艦「嵐」「野分《のわき》」の魚雷で「瑞鳳」を自沈処理した。

　山口は大林大佐の殉職を決してゆるさず、艦長以下、多くの乗員、搭乗員が「嵐」「野分」に移乗して命を救われた。

　いっぽう、第二航空戦隊の三空母「赤城」「飛龍」「蒼龍」は、北北西へかなり先行していたため敵機の空襲を逃れており、午前一〇時一五分過ぎに〝わが二航戦の三空母が空襲を受けるおそれはまずない！〟と判断した角田少将は、臨機応変な命令を発していた。

「すべての艦攻に即刻、魚雷を搭載せよ！」

　このとき空母「赤城」「飛龍」「蒼龍」の艦上には、飛行可能な九七式艦攻が全部で五四機ほど残されていた。艦攻の処理を角田司令官に一任しておいた山口司令部の判断はやはり大正解で、角田少将の機敏な命令により、残存の帝国海軍・空母四隻は第三波攻撃隊をすみやかに準備することができた。

　午前一〇時二五分にはすべての米軍艦載機が上空から飛び去り、被弾をまぬがれた「翔鶴」以下の空母四隻は、迎撃に上げていた零戦や艦爆を午前一〇時五〇分までにすべて収容した。

　そして、そのころにはもう「赤城」「飛龍」「蒼龍」の格納庫では大半の艦攻が魚雷の装着作業を終えており、一航戦の「翔鶴」もまた格納庫内に待機させておいた艦爆八機がすべて二五〇キログラム通常爆弾の搭載を完了していた。

あとは、収容した零戦にガソリン、銃弾を補充し、同じく収容した艦爆にもガソリンや銃弾、爆弾などを装備するだけとなり、午前一一時一〇分には、角田少将の旗艦・空母「赤城」のマストにはやくも、攻撃隊〝発進準備よし！〟の信号旗が揚がった。

かたや、零戦と同時に艦爆も収容した空母「翔鶴」の発進準備はわずかに後れ、午前一一時一五分に完了した。

僚艦「瑞鶴」が着艦不能となり、独り空母「翔鶴」は二四機もの艦爆を収容せねばならず、収容した艦爆のうちとくに痛みのはげしい六機は海へ投棄した。そして残る艦爆一八機のなかから、さらに一三機を厳選して二五〇キログラム通常爆弾を装着し、すでに兵装を終えていた八機と合わせて全部で二一機の艦爆を準備した。

艦攻への魚雷装着に比べ、艦爆への爆弾装着はさほど時間が掛からない。魚雷の重さは八〇〇キログラムもあるが、艦爆が搭載可能な爆弾は重量が二五〇キログラムしかないからである。

午前一一時一五分には、「翔鶴」の飛行甲板でも攻撃機が勢ぞろいし、山口少将は角田少将と示し合わせて第三波攻撃隊に発進を命じた。

第三波攻撃隊／攻撃目標・米空母四隻
第一航空戦隊　司令官　山口多聞少将
・空母「翔鶴」　零戦九、艦爆二一
第二航空戦隊　司令官　角田覚治少将
・空母「赤城」　零戦九、艦攻一八
・空母「飛龍」　零戦九、艦攻一八
・空母「蒼龍」　零戦九、艦攻一八

第三波攻撃隊の兵力は、零戦三六機、艦爆二一機、艦攻五四機の計一一一機。

先に発進した第二波攻撃隊と同じく、発見した米空母四隻に攻撃を仕掛けて、勝利を確実にする必要がある。

零戦は、二方向から来襲した米軍攻撃隊との戦いで一一機を失い、現時点で飛行可能なものは全部で五七機となっていた。そこで山口、角田両少将は三六機の零戦を攻撃に出し、二一機の零戦を手元へ残しておくことにした。

来襲した米軍艦載機はおよそ一五〇機。その後ぱたりと「大和」からの通報は止み、新たな敵機が来襲するような気配は微塵もない。おそらく米空母四隻は、ほぼ全力をはたいて攻撃を仕掛けてきたにちがいなく、出した攻撃機を収容するまでは大きく移動することができない。

そして現在、米空母部隊は第一機動部隊の東方洋上でまちがいなく行動中であり、この一時間ほどで彼我の距離は一五〇海里近くにまで縮まっているはずだった。

一旦は先制攻撃をゆるし、「瑞鳳」が沈没を余儀なくされて「瑞鶴」までもが戦力外となったのはたしかに痛いが、午前一〇時三〇分過ぎには座乗艦・空母「翔鶴」が第二波攻撃隊の突撃命令を受信しており、山口は現時点で〝形勢は悪くても五分になった！〟とみていた。

そして、今、発進しつつある第三波攻撃隊が米艦隊上空へ先着すれば、朝からずっと後手にまわされていた形勢はここへきて一気に逆転し、米空母の大半を撃破して味方の勝利は〝ほぼ確実〟となるにちがいなかった。

――頼むぞ！　しっかりやってくれ！

山口が勝利の望みを託した第三波攻撃隊は、その全機が午前一一時三〇分までに四空母の飛行甲板を蹴って飛び立ち、東の空をめざしてまもなく進撃を開始したのである。

7

フランク・J・フレッチャー少将の座乗艦・空母「ワスプ」の対空見張り用レーダーが、西から来襲しつつある日本軍機の大編隊を探知したのは午前九時五四分のことだった。

このとき、同じ第一七任務部隊の空母「サラトガ」は、「ワスプ」の後方（東北東）・約三〇海里の洋上に在り、第一六任務部隊の空母「ヨークタウン」「ホーネット」は「ワスプ」の南東およそ一五海里の洋上に位置していた。

「敵機大編隊はあと三〇分ほどで上空へ進入して来ます！」

幕僚がそう告げると、フレッチャー少将はただちにそのことを空母「ヨークタウン」座乗のスプルーアンス少将にも伝え、スプルーアンスは手元から一八機のワイルドキャットを割いて、第一七任務部隊の応援に差し向けた。

フレッチャー部隊のほうが日本軍機動部隊に近く、空母「ワスプ」の西方上空で、来襲しつつある日本軍攻撃隊を迎え撃とうというのだ。が、空母「ヨークタウン」「ホーネット」の上空をがら空きにすることはできず、スプルーアンスはみずからの部隊上空を護るために、ワイルドキャット一八機を手元に残しておいた。いっぽう「サラトガ」からも一八機のワイルドキャットが飛び立って、「ワスプ」上空へと急いでいる。

むろん「ワスプ」からも一八機が飛び立ち、午前一〇時一五分には空母「ワスプ」の西方およそ三五海里の上空で、五四機のワイルドキャットが迎撃態勢をととのえた。

米側のだれもが〝ここが正念場！〟と心得ている。まもなく日本軍攻撃隊が大挙して押し寄せると、五四機のワイルドキャットは敢然と敵機群のなかへ切り込んで行った。

対する日本側も米軍戦闘機の迎撃があることは予想しており、制空隊・隊長の板谷茂少佐は二四機の零戦をみずから率いて、群がるグラマンの方へ猛然と突撃して行った。

零戦の上昇力はすばらしい。当初はワイルドキャットのほうが高度で優っていたが、零戦はたちまち敵機群の上方へ出て、降下しながら、次々とグラマンに襲い掛かってゆく。

しかしいかんせん敵戦闘機の数が多すぎた。さしもの板谷零戦隊も三〇機ほどのグラマンを空戦にまき込むのが精いっぱいで、二〇機以上の敵戦闘機を取り逃してしまった。敵が味方の倍以上もいたのだから仕方がない。

日本軍攻撃隊の上空では直衛隊の零戦一五機がいまだ護りに就いていたが、板谷隊の突入を首尾よくかわしたワイルドキャットは実際には二五機に及び、それら敵戦闘機二五機が容赦なく日本の艦爆や艦攻に襲い掛かって来る。

零戦一五機がそれら敵機を追っ払い、艦爆や艦攻も密集隊形を執って懸命に応戦したが、日本軍機は総じて防御力が弱く、艦爆や艦攻はクシの歯が抜け落ちるようにして次第にその数を減らしていった。じつに危機的な状況だが、洋上に敵空母はまだ見えない。

迎撃戦に徹した敵グラマン戦闘機はめっぽう強く、これまで幾多の激戦をくぐり抜けてきた江草隆繁少佐と村田重治少佐も、さすがに焦りの色を濃くしていった。

ワイルドキャットの波状攻撃は一〇分以上にわたって続いた。

けれども、戦闘開始から約一〇分後には制空隊の零戦がようやく戦闘機同士の戦いを制し、零戦四機を失いながらも一二機のワイルドキャットを撃墜した。残る敵戦闘機は一七機となっている。

板谷少佐は、それら一七機との戦いに零戦一四機を残し、みずからは翔鶴零戦隊の六機を率いて味方攻撃隊の救援に駆け付けた。

板谷少佐直率の零戦六機から不意の一撃を喰らい、攻撃隊に手出ししていたワイルドキャットのうちの四機がたちまち火を噴く。

米軍パイロットの多くがこれに怯《ひる》み、攻撃隊に対する波状攻撃は一瞬止んだ。

しかし、そのときにはもう第二波攻撃隊は、艦爆一一機と艦攻九機を撃ち落されており、零戦を除く攻撃機の数は、艦爆四三機、艦攻四五機となっていた。

そのときようやく江草少佐は、眼下の洋上に敵空母一隻（ワスプ）を認めたが、敵戦闘機の波状攻撃はなおも続いた。板谷隊の急襲に驚き、一旦はその攻撃が止んだが、攻撃隊に猛攻を加えているワイルドキャットはいまだ二〇機もおり、俄然態勢を立てなおしたそれら二〇機が、なおも執拗に波状攻撃を仕掛けてきた。

結局、グラマンによる迎撃は一五分近くにわたって続いた。時刻はもはや、午前一〇時三〇分になろうとしている。

が、そのとき江草少佐と村田少佐は、眼下の洋上に、ようやく敵空母三隻を認めた。

敵空母は〝四隻〟と聞いていたので一隻足りないが、二人がたった今、視界にとらえたのは、空母「ワスプ」「ヨークタウン」「ホーネット」の三隻だった。

残るもう一隻の敵空母を見つけ出したいのは山々だが、もはやこれ以上攻撃を遅らせると、状況はますます悪化するにちがいなかった。

午前一〇時三一分。江草少佐は意を決して突撃命令を発した。

「全軍、突撃せよ！」

だが、そのときにはもう、残る攻撃兵力は艦爆三九機、艦攻四二機となっていた。

しかも、発見した米空母三隻の上空では、さらに伏兵が待ち構えていた。

周知のとおり空母「ヨークタウン」「ホーネット」の上空にはワイルドキャット一八機が直衛に残されており、空母「ワスプ」の上空でも、たった今、飛び立ったばかりのドーントレス一八機が迎撃態勢をととのえつつあった。

これらのドーントレスは、早朝にミッドウェイ北方海域の索敵を実施し、その後はフレッチャー少将が予備兵力として「ワスプ」に温存していた一八機だった。

本来、フレッチャーはこれら一八機も攻撃に出すつもりにしていたが、「サラトガ」から「ワスプ」へ一八機を移した直後にレーダーが敵機大編隊の接近をとらえ、フレッチャー少将はやむなく攻撃を断念した。空襲のさなかにドーントレスに対して爆弾の装着作業をやるわけにはいかなかったからである。

そしてフレッチャー少将もまた、帝国海軍の山口少将と同じようにこれら一八機の艦爆を上空へ退避させることにし、迎撃戦闘機隊のワイルドキャットが日本軍攻撃隊に足止めを喰らわせているあいだに銃弾やガソリンを補充して、これらすべてのドーントレスを「ワスプ」上空へ舞い上げていた。

狙う米空母二隊の上空でそれぞれ二〇機ほどの敵機がたむろしていることは江草少佐もわかっていた。敵機は死に物狂いになって反撃して来るだろうが、獲物はもはや指呼の間に迫っており、江草少佐は、ここは〝目をつむって突撃を命じるしかない！〟と覚悟を決めた。

三隻の獲物のうちの二隻はすこし南で航行している。突撃命令を発するや、江草はすかさず各飛行隊長に攻撃目標の指示をあたえた。

「翔鶴雷撃隊と蒼龍爆撃隊は手前のヤツに掛かれ！　瑞鶴雷撃隊と飛龍爆撃隊はわれ（赤城爆撃隊）に続け！　わが三隊は南下して、奥の二隻に掛かる！」

これを受け、村田重治少佐の翔鶴雷撃隊と坂本《さかもと》明《あきら》大尉の蒼龍爆撃隊は板谷零戦隊六機の援護を受けながら即座に「ワスプ」への突入を開始し、残る赤城、飛龍爆撃隊と瑞鶴雷撃隊は零戦九機の護衛を受けながら、空母「ヨークタウン」「ホーネット」の上空へと急いだ。

そしてまもなく、南東で航行中の二空母の上空へ達するや、江草は、間髪を入れずに〝全機突撃！〟を下令し、同時に命じた。

「瑞鶴雷撃隊・第一、第三中隊と飛龍爆撃隊は手前のヤツに掛かり、わが隊と瑞鶴雷撃隊・第二中隊は奥のヤツへ掛かれ！」

各飛行隊の上空では零戦三機ずつが護りに就いていたが、それでも艦爆や艦攻は、空母群の直上を護るワイルドキャットやドーントレスから猛烈な迎撃の一連射を喰らい、さらに艦爆四機と艦攻七機を撃墜された。

いや、それだけではない。零戦四機も味方攻撃機の盾となって撃ち落され、撃墜はまぬがれたものの艦爆三機と艦攻五機も、敵空母群上空からの離脱を余儀なくされた。

零戦を除く攻撃兵力は今や、艦爆三二機と艦攻三〇機の計六二機に激減している。撃墜をまぬがれて敵空母の上空から退避した艦爆、艦攻八機を数に入れても、第二波攻撃機の損耗率は三五パーセントに達していた。

しかし、突入を開始しさえすれば、一航戦、二航戦航空隊の腕はやはり段違いだった。

第二波攻撃隊／各隊の攻撃実施状況

・翔鶴雷撃隊・残存艦攻一四機→Ⓦ
（隊長・村田重治少佐／出撃時二七機）
・瑞鶴雷撃隊・残存艦攻一六機を二隊に分割
（隊長・北村一良《きたむらかずら》大尉／出撃時二七機）
　第一、第三中隊・残存（一一機）→Ⓗ
　第二中隊・残存（五機）→Ⓨ
・赤城爆撃隊・残存艦爆一〇機→Ⓨ
（隊長・江草隆繁少佐／出撃時一八機）
・飛龍爆撃隊・残存艦爆一一機→Ⓗ
（隊長・小林道雄《こばやしみちお》大尉／出撃時一八機）
・蒼龍爆撃隊・残存艦爆一一機→Ⓦ
（隊長・坂本明大尉／出撃時一八機）
※Ⓦワスプ、Ⓗホーネット、Ⓨヨークタウン

敵機や敵空母が撃ち掛ける壮絶な砲煙弾雨のなかをかいくぐり、機体を傷つけながらも、爆撃隊は、全部で一三発の爆弾を米空母の艦上へ突き刺し、雷撃隊もまた、全部で九本の魚雷を米空母のどてっぱらにぶち込んだ。

爆弾の命中率は四〇パーセントに達し、魚雷の命中率も三〇パーセントを計上している。

二五分に及ぶ攻撃をすべて終了したとき、艦爆や艦攻の多くがもはや満身創痍となっていた。なかでも飛龍爆撃隊を率いる小林道雄大尉は、狙う空母「ホーネット」の艦橋へ向けて単機自爆突入し、凄絶な最期を遂げていた。

空母「ホーネット」の艦長はマーク・A・ミッチャー少将だ。ミッチャーはこの五月三一日付けで少将に昇進していたが、小林機のあまりにすさまじい突入に、彼は腰を抜かして失禁した。

次の艦長としてすでに就任が決まっていたチャールズ・P・メイソン大佐も小林機の突入によって重傷を負ってしまい、操舵室にいた副長が代わって「ホーネット」の復旧指揮に当たった。ミッチャーとメイソンは水兵らに担がれて、かろうじて重巡「ペンサコラ」へと移乗した。

空母「ホーネット」は、爆弾五発（小林機の突入を含む）と魚雷三本を喰らって左へ大きく傾斜し、飛行甲板もめちゃくちゃに破壊されて空母としての機能を完全に喪失していた。しかしそれでも「ホーネット」は、速力八ノットで自力航行しており、およそ一時間後には速度が一五ノットにまで回復する見込みであった。

いっぽうで、スプルーアンス少将が座乗する空母「ヨークタウン」も、同時に日本軍機の猛攻にさらされていた。

空母「ヨークタウン」には爆弾四発と魚雷一本が命中し、爆弾一発が煙路へ飛び込んで炸裂、同艦もまた、出し得る速度が一八ノットに低下していた。

命中魚雷による浸水で「ヨークタウン」は右へ二度ほど傾いている。艦内ではダメージコントロール・チームが懸命の消火に当たり、飛行甲板の復旧も急がれていた。

幸い、日本軍機はすべて飛び去っていた。

艦橋から身を乗り出し、復旧の様子をスプルーアンス少将が心配そうに見ていると、艦内各所との連絡を終えた艦長のエリオット・バックマスター大佐がようやく報告した。

「本艦が沈むようなことはまずありません。今からおよそ四五分後には艦載機の着艦収容が可能になり、一時間後には速度も二五ノット程度にまで回復する見込みです」

これを聞いてまずはほっと胸をなでおろし、スプルーアンスは艦長の報告にちいさくうなずいてみせた。しかしそれにしても、僚艦の「ホーネット」までもが大打撃を被ってしまい、スプルーアンスは日本軍機の恐ろしさをあらためて思い知らされた。

攻撃を終えて帰投中の味方艦載機からは〝日本軍の空母二隻を撃破した！〟という報告がすでに入っていたが、「ホーネット」が完全に戦闘力を奪われてしまい、スプルーアンスは〝もはや引き際がきた……〟と観念していた。

――「ヨークタウン」と「ホーネット」を是が非でもパール・ハーバーへ生還させる必要がある！でないと、これは完全な敗北になる！

彼の関心はもはやそこへ向いていた。

だが、帰投中の攻撃機はどうしても「ヨークタウン」で収容する必要がある。ここはぐっとこらえて、艦載機の収容が終わるまでは戦場に踏みとどまるしかなかった。

「飛行隊を見捨てるような、卑怯なマネは絶対にできません！」

あくまでそう主張し続けたのは生粋の航空屋でヨークタウン副長を務めるジョセフ・J・クラーク中佐だった。クラークは肚のなかでは、スプルーアンス司令官のこともバックマスター艦長のことも、飛べない鳥〝キーウィ〟とあざけり完全にバカにしていた。

たしかにスプルーアンスの脳裏にはすでに〝撤退〟の二文字が浮かんでいたが、決して臆病風に吹かれたわけではない。スプルーアンスが引き際を考えるのは当然のことだった。

なぜなら、ともに戦うべきフレッチャー少将の座乗艦・空母「ワスプ」もまた、すでに致命的な損害を被っていたからである。

いや、じつは空襲を受けた三空母のなかで最大の被害を受けていたのは、最も西寄りで行動していた空母「ワスプ」だった。

不運な「ワスプ」には爆弾四発と五本もの魚雷が命中していた。

すさまじい爆炎により「ワスプ」は二〇分以上にわたって業火につつまれ、とくに左舷に命中した四本目の魚雷が致命傷となって主機の動力がすべて停止した。飛行甲板は跡形もなく焼けただれて艦内はおよそ廃墟と化していたが、魚雷が左舷に二本、右舷に三本と、ほぼ均等に命中していたことが幸いし、「ワスプ」は航行を停止したもののいまだに浮いていた。

しかし、「ワスプ」が戦闘力を喪失したのはあきらかであり、フレッチャー少将は作戦の指揮をスプルーアンス少将に委ね、みずからは幕僚を伴って「ワスプ」から脱出、重巡「サンフランシスコ」へ今、移乗しようとしていた。

後方に居た「サラトガ」は無事だが、それ以外の三空母がすべて空襲を受け、「ワスプ」と「ホーネット」が完全に戦闘力を奪われたので、スプルーアンス少将が引き際を考えるのはむしろ当然のことだった。唯一、スプルーアンス自身が座乗している「ヨークタウン」は、一時間後には戦闘力を回復できそうだったが、「サラトガ」は爆弾や魚雷を一切積んでおらず、攻撃には参加させられない。味方空母がたった一隻では、撃ちもらした日本軍の空母四隻を相手に戦うのは、どう考えてみても不可能だった。

午前一一時には日本軍機が上空からすべて飛び去って行ったが、そのおよそ一五分後には、攻撃未遂に終わったホーネット爆撃隊のドーントレス二四機が艦隊上空へ戻って来た。

空母「ヨークタウン」はいまだ復旧作業中でこれらを収容できず、ホーネット爆撃隊は「サラトガ」へ着艦させるしかなかった。また迎撃に上げていたワイルドキャットやドーントレスも「サラトガ」で収容せざるをえず、午前一一時四五分に収容作業を完了したとき、空母「サラトガ」の艦上は九〇機以上もの味方艦載機であふれかえっていた。実際にはこの時点で、空母「サラトガ」の艦上には、ワイルドキャット五二機とドーントレス四〇機が存在していた。

そして「ヨークタウン」は、正午に復旧作業を完了し、二四ノットでの航行が可能となった。

それはよかったが、そのときにはもう、日本の空母二隻を撃破した味方攻撃隊が空母「ヨークタウン」の間近まで帰投して来ており、同艦は午後零時一〇分ごろから、艦載機の収容作業に忙殺された。

結局、収容作業にたっぷり三〇分を要し、「ヨークタウン」はワイルドキャット一六機、ドーントレス三九機、デヴァステイター六機の計六一機を収容した。

最後のドーントレスが着艦したとき、時刻はもはや午後零時四〇分になろうとしていたが、スプルーアンス少将にひと息ついているようなひまはまったくなかった。

帰投機を収容しているさなかの午後零時一八分に、「ヨークタウン」のレーダーが新たな日本軍機の接近をすでにとらえていたのである。

8

空母「ヨークタウン」のレーダーが探知した新たな編隊は、いうまでもなく山口、角田両少将が放った第三波攻撃隊だった。

スプルーアンスは至急フレッチャー少将に応援を求め、それに応えてフレッチャーは、空母「サラトガ」から四六機のワイルドキャットを上空へ舞い上げた。即時発進可能なワイルドキャットは四六機しかなかった。空母「サラトガ」はすでに東方へ向けて退避しており、「ヨークタウン」の北東およそ四〇海里に位置していた。

そしてそれら四六機は、航行不能となっていた空母「ワスプ」の上空でちょうど迎撃態勢をととのえ、日本軍の第三波攻撃隊を迎え撃った。

空母「サラトガ」から発進したワイルドキャット四六機が、日本軍攻撃隊の進入を阻止しているあいだに、「ヨークタウン」の収容作業を終えてしまおうというのである。

午後零時三五分ごろには早くも「ワスプ」上空で空中戦が始まり、そのおよそ五分後には「ヨークタウン」がようやく帰投機の収容を完了。スプルーアンス少将は、即時発進可能なワイルドキャット一二機を上空へ上げるとともに、麾下全艦艇に対して東方へ向けての撤退を命じた。

いっぽう第三波攻撃隊を率いていたのは、赤城雷撃隊を直率する友永丈市大尉だった。

友永大尉は空母「ワスプ」を苦もなく発見、敵戦闘機から攻撃を受けながらも、指揮下から蒼龍雷撃隊の艦攻九機を割いてこれを攻撃し、わずか一〇分足らずで「ワスプ」を撃沈した。

それはよかったが、第三波攻撃隊もまた敵グラマンから波状攻撃を受け、次第にその数を減らしてゆく。友永は艦攻九機にまず帰投を命じ、残る列機をすべて率いて南東へと急いだ。

母艦「赤城」から発進する前に帰投中の第二波攻撃隊から連絡が入り、角田少将が二隻の米空母は〝南東へすこし離れて行動している〟と友永に伝えていた。

大破した空母「ホーネット」はこの時点で「ワスプ」の南東・約二五海里の洋上に在り、スプルーアンス少将の空母「ヨークタウン」はそのまた東・約八海里の洋上を航行中だった。両空母とも東へ向けて遁走しつつある。

南東へ向けて五分ほど飛行すると、首尾よく友永はまず「ホーネット」を発見し、続いて「ヨークタウン」もきっちりと視野におさめた。

午後零時五五分。友永大尉は意を決して突撃命令を発したが、ワイルドキャットから波状攻撃を受けて、第三波攻撃隊の兵力はこの時点で、零戦三〇機、艦爆一八機、艦攻三九機の計八七機となっていた。

空母「ヨークタウン」の速力は二四ノットに回復しており、空母「ホーネット」もすでに一五ノットの速力を出せるようになっていた。が、後者は飛行甲板が完全に破壊されており、速度もあきらかに低下している。

なんとしてもこれら米空母二隻を仕留める必要があるが、前方上空には一〇機以上の敵戦闘機が待ち構えているのも見えた。

そこで友永は、零戦一八機と艦爆一二機、艦攻二一機を直率して、奥をゆく「ヨークタウン」へと襲い掛かり、残る零戦一二機と艦爆六機、艦攻一八機に対しては、手前をゆく「ホーネット」へ向けてただちに突撃するように命じた。

すると、真っ先に降下した艦爆一機がはやくも手前の敵空母に爆弾一発を命中させて、それからほどなくして同じ敵空母の舷側から魚雷の命中を示す水柱二本が昇るのも見えた。

――よし！　どうやら一隻は確実に沈められそうだ……。

友永はそう確信し、先を急いだが、その期待にたがわず、空母「ホーネット」に襲い掛かった別動隊は、零戦四機と艦爆一機、艦攻三機をさらに失いながらも、結局「ホーネット」に爆弾二発と魚雷四本をねじ込み、およそ二〇分におよぶ攻撃で見事、空母「ホーネット」を海上から葬り去った。四本目の魚雷を喰らった直後に、同艦は左へ横転、ゆっくりと波間へ没していった。

しかし、「ヨークタウン」の攻撃に向かった友永本隊は思わぬ苦戦を強いられた。

別動隊を分離して、東進した直後から友永本隊は、三〇機以上もの敵戦闘機から包囲攻撃を受け始め、さらに零戦五機と艦爆三機、艦攻五機を失ってしまった。いや、それだけでなく、零戦一機と艦爆四機、艦攻七機も退避を余儀なくされ、投弾の位置に就くことさえできなかった。

零戦以外の残る攻撃機は、艦爆五機、艦攻九機のわずか一四機となっている。米軍パイロットもみな「ヨークタウン」だけは護り切ろうと、必死なのだ。

友永隊が「ワスプ」攻撃後、南東へ向けて進軍したため、独り空母「サラトガ」だけは北東へ向けて遁走し、今やすっかり第三波攻撃隊の空襲をまぬがれようとしていた。

だが、友永隊はついに空母「ヨークタウン」の上空へ進入し、友永は狙う獲物をしかと見すえて俄然、突撃命令を発した。

「全機、突撃せよ！」

時に午後一時一〇分。残る艦爆五機と艦攻九機は一斉に降下し、狙う米空母へ向けて敢然と突入して行った。

鬼気迫る突入だが、空母「ヨークタウン」もさるもの。同艦はすでに速力二四ノットで疾走しており、投じられた爆弾や魚雷を次々とかわしてゆく。火事場に礼儀は必要ないということで、副長のクラーク中佐が艦長のバックマスター大佐に遠慮なく指示を出し、「ヨークタウン」に軸線の合った艦爆や艦攻を次々と指摘して爆弾や魚雷をことごとくかわしているのだった。

クラークはインディアンの血を引いていた。

が、それをも上まわるものが二機あった。

翔鶴第一中隊・第二小隊一番機の山田昌平《やまだしょうへい》大尉が操る艦爆と、もう一機はほかでもない、友永丈市大尉自身が操縦する艦攻だった。

山田機がまず爆弾一発を「ヨークタウン」艦上へねじ込み、すでに攻撃を終えていた千早猛彦大尉が、上空でそれを見て思わず声を上げた。

「山さん、でかした！　命中だ！」

そして、その直後に千早は、米空母へ向けて猛然と突っ込んでゆく一機の艦攻を眼にした。

――やや、あれは友永隊長機じゃないか⁉

まさにそのとおりだった。

友永大尉が直率する赤城雷撃隊・第一小隊の三機が投じた魚雷のうちの一本が、山田機から爆撃を受けた直後の「ヨークタウン」右舷艦腹中央へ見事に命中した。


だが、千早がハッと目を見張ったのはそのことではなかった。友永隊長機にちがいないその艦攻は、水柱が昇る直前に狙う米空母の艦橋へ向けて猛然と突っ込み、なんと体当たり攻撃を敢行したのである。

この決死の突入は、クラーク中佐の野生の勘をもはるかに上まわっていた。

「……なっ、なんだとッ⁉」

クラークは驚きのあまり絶叫し、スプルーアンス少将は口をあんぐりと開けたまま、絶句するしかなかった。

同機は艦橋の下部へ突入したため、直接の被害はさほどでもなかったが、一瞬、時が止まったかのように感じ、クラークも、この魚雷だけはまったく避けようがなかった。

――や、やられたッ！

魚雷が命中するや、クラークもまた絶句した。

空母「ヨークタウン」はすでに右へ二度ほど傾いていたが、今また右舷に魚雷を喰らって浸水をまねき、その傾斜がさらに深まった。

それでも「ヨークタウン」はいまだ速力二〇ノットで航行していたが、それ以上は速度が上がらず、艦の傾斜で迅速な艦載機の発着艦も不可能になっていた。

じつにすさまじい友永機の突入劇だが、じつはミッドウェイ空襲時に負った左翼・燃料タンクの孔は塞がれておらず、友永は、はじめから片道攻撃の決意をかためて、愛機を「赤城」から発進させていたのであった。

友永機は敵の機銃掃射を一身に浴びながら、もはや分解寸前の状態で、「ヨークタウン」に体当たりしていた。

直前まで敵の対空砲火がかなり友永機に集中していたため、そのおかげで山田機の爆撃が成功していたのにちがいなかった。

これら攻撃の一部始終を目撃していた千早大尉は、今は亡き友永隊長に代わって、まもなく引き揚げを命じ、列機をまとめながら米艦隊の上空をあとにした。

そして午後一時二八分。完全に戦場から離脱した千早機は、旗艦「大和」および「翔鶴」へ向けて打電した。

『米空母二隻を撃沈！　残るもう一隻にも、中破以上の損害をあたえる！』

この報告電を受け、帝国海軍のだれもがミッドウェイ戦の勝利を確信した。電報はまもなく連合艦隊の旗艦「長門」にも転送され、山本五十六大将もまた例外なく勝利を確信した。

味方も「瑞鳳」を失い、「瑞鶴」もまた傷ついてしまったが、山本をなにより喜ばせたのは、主力の米空母二隻を確実に沈めたことだった。

――よし！　これでハワイ攻略がまた一歩ちかづいた！

連合艦隊司令部はこのあと南雲司令部に対してすかさず追撃命令を出したが、友永丈市大尉による決死の突入は、山本五十六の〝ハワイ攻略〟という野望を実現するために、きっちりと空母戦の〝たすき〟を次へとつないでいた。

それにしてもまったく長い一日だが、ミッドウェイ戦はなおも続く。

――早く日が暮れないか……。

レイモンド・A・スプルーアンスはそう思いつつ、空母「ヨークタウン」の艦橋から、高く輝く太陽をうらめしそうに見上げていたのである。

VICTORY NOVELS ヴィクトリー ノベルス

山本五十六の野望 (2)
運命のミッドウェイ

著　者　　原　俊雄
発行人　　杉原葉子
発行所　　株式会社 電波社
〒 154-0002　東京都世田谷区下馬 6-15-4
TEL. 03-3418-4620
FAX. 03-3421-7170
http://www.rc-tech.co.jp/
振　替　　00130-8-76758

印刷・製本　三松堂株式会社

乱丁・落丁本は、小社へ直接お送りください。
郵送料小社負担にてお取り替えいたします。
定価はカバーに表示してあります。

ISBN 978-4-86490-187-1　C0293